我当我是去流浪

去流浪

ME WHEN I'M GOING TO WANDER

周洁茹

著

山东画报出版社

目 录

我当我是去流浪

我当我是去流浪

我住在香港已经是第七年了。当然我第一次去香港的时候并不知道我会一直住在那里，而且要住这么久，我也许回加州，也许回常州。是的，我是常州人，我从小到大春游去苏州、秋游去扬州。父母带我旅个行吧，去南京，而且非要给我在南京买这个买那个。因为父亲以前在南京工作，后来离开南京了，可是一直惦记。对于我父亲来说，南京的东西肯定一直是最好的。一直到二十四岁，我都没有离开过家乡，然后一离开家乡，就是十五年。十五年，真的有点回不去了。

所以有一个会在南京，我毫不犹豫并且坚定地回复，去！然后我打开了附件，看到了会议的内容，"新媒体环境下的文学变革"。我就有点犹豫了，我有点理解不到新媒体环境这个词的意思，实际上我也不知道旧媒体环境是什么。这十几年，我完全没有环境，连语言环境都没有，还有什么媒体环境。我就往下面翻，"文学写作与民族记忆"，所以我就坐在这个组里面了。

我喜欢的顾彬说的，作家写作的时候，他们应该超越他们民族的观点。

我喜欢顾彬是因为我曾经很纠结我的小说的故事性，并且相信这是我比较弱的一个部分。所以顾彬出来讲我最讨厌某些人给我讲什么破故事，我不想看，无聊死了。我高兴死了。

尽管这也是我从写作以来一直在做的，思考问题，思考一个人的灵魂，思考一句话。可是这一切发生在二十年之前，你就被归到私小说里去了。

批评家说的话当然不完全是他们理解的你，批评家大部分的时候都是在理解他们自己。这是一个批评家对我说的话，他希望我不要太在意他的批评。我当然是在意他的但是确实不太在意他的批评了，我终于快要四十岁，遇到事情不可以再迷惑。

我们不都是在写民族记忆的作品吗？即使我们去到了祖国之外的地方，移民或是流浪。我更愿意当我的十五年自我放逐是流浪而不是移民，我更愿意被称作流浪作家而不是移民作家，我只是想想的，想想不要钱。

马建在写石黑一雄的文章里说，作家在异国写作，必然与家乡走得更近，记忆会把细微的情节呈现扩展，恰恰是住在原地被跟着变化的作家不经意失去的。

他强调石黑一雄个人的民族性格、记忆式写作、孤独感，又把他归入移居作家而不是移民作家。移居作家的小说不在意国家意识，没有语言和政治困境，这一点我也是理解不到的，也许是因为我肯定会被归入移民作家，而且是香港的大陆新移民作家。我已经在尽量地避免这一点了，被归入任何一个区域，尽管我写了一批以香港地名命名的小说。我的朋友王苏辛跟我说的，这是一个源头的问题，记忆和状态先行，太深刻了，就不自觉转换成地名，就像符号一样。也许应该忘却，直接就面对处境，毕竟你的小说都是处境，不过也没啥，就怕被归到某种地域小说里你就去死了。我的另一个朋友马兵说的，她游牧者的精神属性同香港这座城市是相洽的，香港地名命名的小说，清晰地标识出她对空间的敏感和对空间所表征的政治文化身份的多重指涉意义的敏感。我的朋友们都太好了，所以他们讲的话，我经常是不用听的。我想的是，移居作家或是移民作家，作家的离散、焦虑和创伤意识，当然是在离开祖国的同时就产生了的。至少我是这样的。

我肯定也走过这么一条路，希望成为一个国际作家，然后刻意地去社会化。现在看起来，是我个人的悲剧，离开祖国绝对不是一场悲剧，真正的悲伤是违背一直以来对自己的期望，独立写作，内心自由。

上个星期因为翻译自己的小说，跟一位老师谈到了写作意图这个话题，而且老师也真的理解不到小说中反复出现的"他们"，他要求我给到清晰的关于"他们"的解释。是的，移居作家或者移民作家很多时候还要考虑那些用中文写作自己翻译成英文，用英文写作自己翻译成中文，用中文写作别人翻译成英文，用英文写作别人翻译成中文的问题。这些翻来翻去的问题中间，我认为自己翻译自己的英文小说为中文是最为难的。当然什么都是难的，每个写作者都很艰难。我曾经以为所有接受过写作训练的人都会提出手段和意图这个问题，还有所有确切的、精准的、清楚明白的表述。我就又想到了《芒果街的小屋》，我跟所有的人提到这本书肯定不是因为它是一本最棒的书，它只是我在美国读的第一本也是唯一的一本书。可是我告诉所有的人这是我所见最优美的英语，这位童年时就居住在美国的墨西哥女作家，我太喜欢她语言的速度了。我说我没有读过著名的《米格尔街》，腔调肯定是阴郁的，《芒果街的小屋》，用了最欢乐的样子写最悲痛的事情。这一点太墨西哥了，他们庆祝死亡，用繁花装饰骷髅，不属于任何"他们"的艺术的方式。我也不需要她来给我一个有指向的"他们"的解释，它在十五年前就能够吸引到我，肯定也有一部分是因为，这也是一个真正叙述"他们"民族记忆的作品。

还是回到顾彬，我喜欢他当然主要是因为他长得帅，还有他说来说去的那些话，作家应该思考生活是什么？生命是什么？偶然是什么？但是我们不需要人再给我们讲什么故事，因为每天生活，生命给我们讲的故事足够了。

对于写作我还能做点什么

三十七岁的第一个夜晚，我写了我的第一篇与香港有关的小说《到香港去》。仅仅只是因为我收到的一个生日礼物，一个句子：你的语言不行，你过时了。我一定是为了证明我行才写那个小说的。

在这个小说之前，我又是长达五年的没有写。我说的没写，就是真的，一个字不写。美国搬去香港来来往往的间隙，我写了几个短小说，它们全部悄悄地发表了，没有人注意到，就像我最后悄悄地停在了香港。

这些小说中只有《四个》（《鲤孤独》）得到了一个评语：她的

孤独是平静的，是自己可以观望甚至欣赏的，是潮水退去后安宁的瞬间。如果我要反对所有的评语，我就真的太忙了，我只好接受我的潮水退去后的安宁。这个时期我最突破的小说是《你们》（《钟山》2008 年第 6 期），我第一个可能也是唯一一个你是主角的小说。但是我自己最喜欢的还是一个叫做《幸福》（《山花》2008 年第 5 期）的小说。小说里的女人们反复地寻找幸福，就如同我二十岁时候的那个小说《花》，女孩子们反复地追问，你疼吗？

我努力了。

一个八年不写一个字的女人，在美国往返中国的缝隙里，努力写了一点小说，本身就是一个小说。

然后又是五年的沉默，我自己都不知道我在香港。

也在香港的葛亮请我喝了浸会大学的午茶，带我逛了浸会大学的走廊，我走得都要昏过去了。我们讨论的全是九龙塘的房子乌溪沙的房子西贡的房子，我们没有讲一个字的写作，我也完全没有记得住他带我走过的那些路。那个其实有点冷的下午，又一城滑冰场的栏杆旁边，我不知道我要说什么才能真正表达得出来我对我的写作的绝望，所以我什么都没有说。

我连微博都没有。

已经是我住在香港的第四年，好像与我以前在美国的日子也没有什么差别。然后我终于开了微博，然后我就得到了那个句子，然后我就写了第一个香港小说，小说在《上海文学》发表，仍然悄悄的。我也不知道为什么是《上海文学》，连夜写完最后一个字，就这么连夜发送了出去。若说是我和《上海文学》还有什么联系，就是我二十岁的时候给他们自由投稿了一个小说《点灯说话》，还是手写的方格纸。可是小说发表了，我自己都想不到。两年以后，我才发表了在他们那儿的第二个小说《乱》（《上海文学》1998 年第 6 期），然后我就彻底消失了，算起来整整十五年。神奇的出现和神奇的消失，太真实的小说。我制造了第二次神奇的出现，在这个十五年以后，确切的十五年，不是五年不是十年是十五年，婴儿都可以成长为少年的十五年。他们给了我第二次神奇的发表。

写完《到香港去》（《上海文学》2013 年第 9 期）的第二个和第三个夜晚，我重写了我离开中国回去中国又离开中国时期的两个小说《逃逸》和《回家》，用了更大的力气重写到全部崭新，为了让自己的一口气终于咽下去。这三件事情做完，我回到生活里去，生活比写作重要的生活。

我生活里的一个朋友突然邀请我去她的有酒的白天派对。我去了，涂了口红，电梯下降，我给自己拍了一张照。拍完我就想，我还挺好看的啊，我就回来写作呗。我就回来写作了，在 2014 年的最后一个月。

可是我仍然没有写确切的香港，我写了《结婚》（《北京文学》2014 年第 2 期）又写了《离婚》（《上海文学》 2015 年第 5 期），直到一个水瓶星座编辑来问我约小说，而且用了最直接的方式，完全不绕的。实际上我从来没有在中国见到不绕来绕去的人，我连夜写完了小说，给了另一位相对稳定的天秤星座编辑，可是我后悔了。我只好重新再写一个小说，给那位跟我一样完全不绕的水瓶星座。那个小说就是后来发表在《大家》2015 年第 2 期的《旺角》。可以这么说，除了《大家》，没有第二家刊物会愿意发表那个小说。著名的从来不给钱的《作品与争鸣》还转载了它，我还挺高兴的，一是我不差钱，二是我对我们的版权意识或者制度确实没有话说，我只是到底得到了一个《小说选刊》都不会给我的注意。

然后我去查找了一下我与《大家》的关系，我发现我只在他们那儿发表过一个小说，而且是告别之作《我们》（《大家》2001年第2期）。我那个时候的编辑还是李巍，我们最后的联络全部发生在云南到加州的电话线里，他一定要让我把那个小说写完，我一定就是只写那么多而且以后都不会再写一个字了。然后我搬了家，彻底中止了和所有人的联络，之后发生的一切，我都不知道了。

夏天，我在《大家》的青年会议上作为最老的老青年说《旺角》，表达了我真正的回来。然后我意识到我回来的地方，也是我当年告别的地方，所以这也是一个小说。生活不就是小说，我们不就是生活在小说里吗？

开完会之后的半年，我再次回到一个字不写的生活。对于直接跳入不写作的状态，我真的是太熟练了。我反复检查了我在三月写的三十五个短小说。是的，我做了一次写作习惯的练习，每天一个超短篇。练习的结果是我可以，但是我烦了。所以我也只写了那三十五个短小说。然后我也发现了短小说在中国的位置，台湾作家Walis NoKan在一个讨论民族记忆的会上提了一下短小说的问题，然后他朗读了也是他创造的一个两行诗文体的作品。有人讲了一个中国段子来表示他懂了，我代替Walis先生白了他一眼。

在我忙于为我的随笔书做各种各样无法言说的见面会的同时，《山花》用了我的一组短小说。我与《山花》是另外的一个故事，一定也是很动人的那种。很好看可是很艰难的《南方文学》用了另外一组，于是我发现这个世界还是没有变化，漂亮姑娘就是会得到最坏的待遇，因为你太漂亮了。

然后就是这一个十二月尾，我再次确认了我在 2015 年的后半年的确又是一个字没有写，即使你会看到什么，也是我在六月之前完成的，包括一些散文。是的，我真的去写了一些散文，给了真的《散文》，呼吸慢下来的瞬间，最好写散文。

所以对于写作，我没有做什么，没有了我的写作的球，也不会转慢一秒。可是写作为我做了太多，很多时候完全是写作挑选了你，而不是你挑选了写作。我可能要重新开始一个小长篇，从那个没有写完的小说《我们》开始。尽管我是说过你要一个座位你就得有一个长篇小说这样的话，但是请相信我我的写作绝对不是为了一个座位，我会站着把它写完。

我们为什么写作

2016 年的第一天，我一直在想为什么写作这个问题。棉棉已经在夏天写了她的《我们为什么写作》，我还在想这个问题，一直想到现在。

有位老师告诉我我在 2015 年尾还是出现了两个失误，一是我像一个小年轻新作者那样在朋友圈发了一个年终总结，告诉大家我在这一年发表了五个小说四个散文三个创作谈，我还说我努力了。老师说你何必，你应该更淡泊从容些，你又不急缺什么。我说我是不急缺啊，我能写一个字我都对我挺满意的，可是我是写了啊，我写了我为什么要把它们藏起来？淡泊还从容，装吧就。这就是很多老师的问题，心底里的欲望很深，还要掩着盖着，绝对能够忍出鼻血。

所以我还是喜欢小年轻新作者，大家都有写的欲望，大家都不藏着欲望，深的浅的多的少的欲望，告诉了全天下，我在写。我也当我是一个不年轻的新作者，我从头开始，这个心态我自己觉得很珍贵。

写作的道路上，我是第二年。若说是还有什么以往的经验，隔了二十年还要考虑二十年的经验，我自己都有点看不起。时代都不同了，年年都不同，何况二十年。

棉棉说我"无论写或者不写或者又开始写，一直在用文字质疑生活，叙事和炫耀从来不是第一兴趣"。所以作家写作家就是比批评家写作家好多了，主要是有感情，批评家也许都是对的，但都是没有感情的。这种无情又是必须的，感情会影响很多人的判断，主要是批评家。

我住在美国的时候老是梦到棉棉。一个上海老公寓的楼道，每个转角都是自行车，很多自行车。可是我并没有去过她的公寓，我去的是她在莘庄的独幢房子，和好多女孩一起。她坚持说还有韩东和吴晨峻，可是我只记得女孩们。

我为什么要去上海？可能是《小说界》七零后的会，也可能是《萌芽》新人奖的会，我记得这么清楚并且觉得这很重要是因为一切都发生在我的二十岁，像一个成年礼。我肯定和谁合住一个房间，肯定不是棉棉，如果有人在会期的其他时间来找你，同房间的那个女孩就会知道。可是没有人来找我，那些女孩，我也一个都不认得。会是怎么开的我全忘了，我们最后留下了一张大合影，每个人都很好看，新人都是好看的。开完会搭地铁搭接驳车去棉棉家玩儿，接驳车上有个女孩问我借电话打回家。女孩长得很好看，我就觉得我们都是写作朋友，我们永远写下去。

女孩们坐在沙发上吵吵闹闹，一定发生了好多事情，我只记得一个阳台，露天的大阳台。天都黑了，还有月亮，她说你看我有全世界最棒的阳台，在阳台上做爱看星星看月亮。二十年以后，我问她还记不记得这一段，她说她根本就不可能说那种话好伐。于是那个阳台，铺了木地板的大阳台，那么是我自己这么想的，在这儿做爱，看到星星看到月亮。我一直没有过那样的阳台。

后来她带着她的乐队还有赵可来常州做哪个场的开场表演。那时我刚从宣传部调到文联做专业作家，每一天都过成拍电影。赵可一直在说他没有唱好，他不开心他不开心，反正我是觉得他太好了一切都太好了我都被他的《Frozen》吓死了。乐队也太好了，贝司手还请我喝东西并且送我回家。我们差一点谈恋爱，要不是马上想到了异地这个问题。还是太久了我都忘记了，我很少再回过去想那些二十多岁时候的事情。夏天搭火车去思南读书会，我站在月台，等待去上海的高铁进站，我才突然想起来，我和她一起追过火车。那个时候的火车都慢得要命，常州到上海要三个小时四个小时。我们都穿着黑色的裤子黑色的厚底鞋，我们真的在常州火车站的月台上跑，我们真的一边跑还一边笑，我们明明就要赶不上火车了。最后她停在那里弯着腰大口喘气，我从来没有见过那样的喘不过来气，她一边喘一边说没事的她只是有哮喘。今天再想到那个场景，我太想哭了。

我离开中国前最后见了棉棉一面。在上海，女孩们还坐在一块儿，可是谁也不笑。我听到棉棉响亮地说你们作协吃得太好了。圆桌上有一道龙虾，特别红也特别大的龙虾。我马上笑了，肯定只有我一个人笑了，还笑出声了。参观金茂大厦的时候我俩一起去了顶楼的洗手间，她穿着黑裙子很瘦很瘦，她偷偷抽了一口烟，我看了一眼她的肚子。

我在美国老是梦到棉棉。我没有梦到其他的女孩，一个都没有，包括那个好看的问我借电话的女孩。我梦里上海老公寓的楼道，每个转角都是自行车，很多自行车。

冬天，我去云南参加一个《大家》的会。睡到半夜我醒了，天都没有亮，我干什么呢我只好看那一期的《大家》。第一页就翻到棉棉，"我不喜欢爱情。我喜欢兄妹之爱。我喜欢那些乱而干净的感情"。每一个句子我都太喜欢了，我就趴在床上看她的小说，我想的是，她为什么写作？

她在她的《我们为什么写作》写了我的为什么写作，而且写得很清楚——"写作是她可以确定的一件不容置疑的纯洁的事情。"

我不认为我再来写我的我为什么写作能够比她精准，我又看不到我自己。问题是，她倒是能够看到她自己。所以我说了神让我继续写作，她也相信我，她相信所有真正的作家都在上苍的保护之中，所有真正的作家都活在写作的命运里。

我能够看到的棉棉的为什么写作，也许她也真的不是那么需要写作了，我看到爱。

我仍然被我一个人的爱局限着，我爱某一个男人，我爱某一个女人，我爱家人，所有爱我的人。我更多时候不爱人，陌生人，坏人，不爱我的人，伤害我的人。现在仍然是这样。情感的觉醒，我不知道是哪一天。我不接受我无法改变的部分，我也不改变我可以改变的部分。

我顽强到我可以不写作，十年，二十年，但是不改变。

我离开的原因肯定有很多，没有什么是最主要的。我不写作的原因只有一个，我烦了。可是我们有过的那些夜晚，音乐和酒，笔直的烟，笔直地坐在对面的大人们。

蔷薇是什么花

蔷薇（学名：Rosa multiflora），又称野蔷薇，是一种蔓藤爬篱笆的小花，耐寒，可以药用。野蔷薇多自然分布于溪畔、路旁及园边、地角等处，往往密集丛生，满枝灿烂，微雨或朝露后，花瓣红晕湿透，景色颇佳。

我小时候拥有过一个秘密花园，在我的上学路上。因为家里需要翻建老宅，我被送去一个很奇怪的小学上了一个多月一年级。那个小学，和那个小学里面的同学，我已经在一些写儿童的小说里写过，都是非常奇异的故事。

我拥有过的那个秘密花园，四面被篱笆包围，篱笆上爬满了蔷薇，玫瑰红色的蔷薇。我当然也知道蔷薇也是玫瑰，小玫瑰，我是看《随风而来的玛丽波平斯》长大的小孩，二十世纪八零年代的中国也没有旋转木马和姜汁饼干，但是我也知道将来一定是会有的。

我被密密丛丛玫瑰红色的蔷薇吸引，于是放下书包，从篱笆的缝隙挤了进去。很小的缝隙，只足够六岁女孩的身量。篱笆的后面是一块大草地，草地上有一棵树。我想不起来那是一棵什么树，没有花也没有果子，就是一棵树。但是草地上长满了蒲公英的黄花还有白色绒球，多到数不过来。

对我来说，就是一个大宝藏。

整个下午，我就坐那个草地上吹蒲公英球，吹掉一颗，再吹下一颗，吹到再也吹不动，太阳的颜色都变了，当然是迟到了。但是也没有得到责罚，那个学校，还有那些时间，现在想起来，都像是没有存在过一样。我再也没有办法回到那场过去，无穷无尽的蒲公英球，白色小伞飞舞的下午，再也没有过。

因为那个秘密花园就那么，消失了。

上学放学的路，我还会再看一眼篱笆墙和野蔷薇，但是我再也没有找到入口。篱笆墙后面的草地，树和蒲公英花，白色绒球的种子，真的只能让风带走了。

然后我就离开了那个地方，那间学校，再也没有回去过。

我在离开中国的那一年完全停止了写作。《我们》是最后一个小说，如同我之前的小说《花》。我写了所有被疼痛折磨只能从疼痛中找快乐的女孩们，《我们》是我最后一次描述那些花。

过了一年我回家过中国年，写了儿童小说《中国娃娃》，一个被蜂鸟带领，周游世界的中国娃娃。七天来不及写完的书，所以那个流浪的小孩，最后留在时间的缝隙，找不到回家的方向。

可是我不知道《中国娃娃》的最后一章为什么会是《后记或下一个故事的开始》，我有点忘记了。我说我记录梦境是为了寻找答案，所有出走的故事，也是回家的故事。我们活在故事里面，我们是我们的故事。

是的，我把《我们》写下去了，尽管间隔了十五年，女孩成为女人，花都谢了花又开了。我写了很多女人，每一个寻找自己想要的生活的女人，就像野蔷薇一样。

岛屿写作

乔安说的，这个岛没有希望。乔安说了好多次。乔安还说过女人的房间是女人的城堡这种话。乔安每天都说太多话了，没有办法都记录下来。

但是我真的去想了一下，香港，是不是一个没有希望的岛？电影《念念》里面李心洁说那一句，要不是你们这两个小孩，我早就离开这小岛。我一直一直地记得。导演张艾嘉选择李心洁，因为她是 1976 年出生的水瓶星座？水瓶座全是不漂亮但是好气质的，或者只是因为她来自马来西亚？我可以马上想起来很多她们，梁静茹和孙燕姿、陈绮贞，她们天生的岛屿的气息。马来西亚，新加坡，中国的台湾和香港，岛和岛，很多很多岛。

这些岛，在我这里都是一样的，要么热一点，或者再热一点。

为了看一下快要绝迹的萤火虫，我去到距离吉隆坡两个小时车程的一片红树林。最后一班夜船，已经河水满涨，鳄鱼出没。头昏脑胀的热，也不知道为着什么。只知道这一次打扰，天天夜夜的打扰，萤火虫必定是要绝迹的。船靠近了河岸，船夫熄了火，灭了灯，一片漆黑，树丛中的星星点点。我不知道我为什么哀伤。动画电影《萤火虫之墓》看一遍哭一遍，不敢再看第四遍。作者野坂连自己的原作《火垂之墓》

都没有重读过，只是年老时在一个访问里说："想把大豆渣嚼软一点给妹妹吃，但不知不觉却自己吞下了。当时如果给妹妹吃了大豆渣，或许妹妹不会饿死。如果能像小说一样，我当时对妹妹好一点的话，就好了。"这样反复地说，反复地说。"萤"与"火垂"日文发音一样，可是他更愿意使用"火垂"这个字眼，书里一句"烧夷弹落下，向着正燃烧的家，只能呼叫父母的名字，然后转身往六甲山逃"。我也觉得《火垂之墓》似乎更痛切一些。

我们成长的历程，似乎就是在与各种各样的创伤和解。战争创伤，童年创伤，创伤与创伤，没有什么创伤会比另一种创伤更严重。张艾嘉在答电影《念念》的问题时说，我们要懂得怎么去跟过去，去跟别人和解，但是先要懂得怎么跟自己和解。

我二十岁时写过太多以鱼为题的创作谈。我不知道我为什么总要写鱼，我出生和度过童年的地方，没有海，我也从来没有见过海。可是我二十岁，我可以为了自由去死。如今我四十岁了，我还活着，我也笑着说，要不是你们两个小孩。我也可以每天讲一个人鱼的故事，每天都会有一点不一样，可是故事的结局都应该是，小美人鱼逃出了龙宫，向着一道光游去。

我童年的时候根本就没有想过我将来会去什么岛，纽约岛，或者香港岛。我后来写了那么多鱼，也不过是想去往大海，不应该是岛。

岛没有希望。

二十一岁的时候，我写了《头朝下游泳的鱼》——所有的人都以为我幸福或者给了我幸福，我却痛苦。要么离开给我饭吃的地方，饿死，要么不离开给我饭吃的地方，烂死。我已经不太在乎怎么死了，死总归是难看的。长此以来，我无法写作。身体不自由，连心也是不自由的，写的东西就充满了自由。

二十二岁的时候，我写了《一天到晚散步的鱼》——我写作是因为我不自由。

二十三岁的时候，我写了《活在沼泽里的鱼》——我谈论鱼，因为我相信鱼是厌倦了做人的人。活在沼泽里的鱼，尾部都是残破的，死了一样浮游在水里。可是每一条活在沼泽里的鱼，一定都梦想着舞动完整的尾，去海里。

二十四岁的时候，我写了《海里的鱼》——我以前以为我是一条鱼，可以游到海里去，后来我才知道我只是一条淡水鱼。我比谁都要软弱，如果他们笼络我，我就被笼络，如果他们招安我，我就被招安，总之，再在水里活几天总比跳来跳去跳了一身血死了的好。我是这么想的。

然后我终于在这一年离开了，去到太平洋的那一边。我从来都没有真正地自由过。可是自己与自己的和解，不就是爱的和解？岛有没有希望我不知道，我只知道我还有寻找的希望。

春天出版的长篇小说定名为《岛上蔷薇》，我说不要。编辑说，纽约是岛，香港是岛，全部发生在岛上的故事，故事里"每一个寻找自己想要的生活"的女性，生活在这些岛屿的角落，美又坚强，好像野蔷薇一样。

我说好吧。蔷薇，在岛上。

在岛上

九龙湾的滑冰婆婆

　　有一阵子我常去九龙湾的一间商场，那儿的戏院会放英语的电影而不是广东话的。我仍然不会广东话，已经是住在香港的第五年。而且那儿有一个冰场，我有时候滑一下冰，看完电影以后。去商场的穿梭巴士上我时常看到一个浓妆的老妇人，拖着一个行李箱。她不看电影，只是去冰场滑冰。她有一双自己的冰鞋，粉红色的，也有自己的滑冰衣服，粉红丝绒上绣着金色花朵，裙摆如果能够转起来，肯定也是一朵花。但是我从来没有见过她转起来，她只是直直地滑着，有时候抬起一只脚，再举起一只手。就那样，举着一只手，抬着一只脚，直直地，慢慢地，滑过去。这是对的，我们这个年纪，如果摔一下，肯定不只是骨折的事了。但是滑冰肯定又是很重要的一个爱好，或者是一个理想。

　　我有一个不会游泳的朋友，她跟我说她会在夏天回国的那一个月学会游泳。我说只要我们不搭游轮我们就不需要游泳。她说她一定要会，她要像那些真正的美国人一样，随时跳进游泳池里。我就和她一起去学游泳了。每次把头完全浸入水中并且屏住呼吸的时候，我就像真正死了一次那样。于是我没有学会,但是她真的学会了,我就那样眼睁睁地看着她从一开始的只能漂浮一米,到最后,可以漂游一百米。她回去美国以后就和一个真正的美国人结了婚,蜜月是去加勒比海的游轮。我仍然想得起来她坚决的眼睛,这个世界上真的是有那么一种女的,只要她想去做,她一定是会做成的。

我还有一个不会开车的朋友。当然她也学会开车了,我们一起混了一个月,我仍然握住方向盘就会上不来气,她已经开着她七人座的车去上班。

这些女的都有一个共同的特质,她们连眼神都是狠的。

《河中女孩》里的女孩也有着很坚决的眼神。父亲和叔叔在她的脸上打了一枪然后把她扔进河里,她血淋淋地爬回岸边,活了下来。父亲说荣誉处决为我挣回了尊严,我一丁点儿也不后悔。女孩说他们应该坐在牢里,她的眼睛很坚定。可是她被迫和解,日子还要过下去,又不能搬去火星。宽恕的代价。

后来我不再去九龙湾了,每天都要去冰场滑冰的婆婆终于在穿梭巴士上遇到了一个考验。一个可能是来香港旅行的一家三口,也可能是海归到香港来生活的一个家庭,说普通话的家庭,小朋友与父母的对话都是普通话的,非常标准的普通话。很多人没有表情,大家都没有表情,可是滑冰婆婆翻出了好多眼白,她的动作太大,身体都转了过去,整个头往后仰到不能仰,最大的一个眼白出现的时候,她的整张脸都变形了。巴士停下,她和她的行李箱粗暴地从那个家庭的中间挤了过去。

我不再觉得她优雅了，事实上她也从来没有优雅过。

那一天我也在滑冰场遇到了一个真正的香港人，我换下冰鞋的时候不得不把自己的鞋从一堆鞋底下拉出来。她跳到了我的面前，手指戳进我的眼睛，她说不要碰我们的鞋！我说那我怎么拿到我的鞋呢？你们五个人的鞋全部踩在我的鞋上面。她说大陆人滚。我看着她。她说大陆人滚。我说你知道你在说什么吗？她开始对着我说英语，每一个词都是错的。我有点笑不出来，所以我不再去九龙湾了。谁知道还会发生一些什么呢？

马铁上的黑丝婆婆

　　我当然也会遇到一些友好的真正的香港人，五年以前，我新来到香港的时候，迷了路。我已经在那个屋苑住了七个月，我仍然迷路，一个陌生的好心婆婆说着最不标准的普通话，带着我走到最对的一条路。

　　五年以来，我搭的最多的是马铁。从马鞍山到大围只有一条铁路，我们叫它马铁，口岸到红磡的那条铁路叫做东铁。如果你还听得到九广这两个字，那么那个人肯定在香港住了不止七年。我只去到大围，再远，过海到港岛，对我来说就好像跨一个州一样。

　　七年以来，我在马铁里遇到过三次微笑的陌生人，都是笑起来就很舒服的婆婆。我不知道她们为什么会对我笑？我的脸肯定是严肃的，从早到晚，成班马铁都没有人笑。可是她们笑了，我也只好笑，笑完我又会觉得很尴尬，我就把头低下去，低到尘埃里去。

　　马铁的乘客中有一位黑丝婆婆，我们这个年纪，渔网黑丝和烈焰红唇，真的是需要一口气的，黑丝婆婆又是比我还大了四十岁的样子。

这口气，真的很绵长。黑丝婆婆的每一件衣服都是亮闪闪的，珠片或者水钻，有时候是皮草，红底高跟鞋，不看她一眼的人都是不正常。我就这么偷偷地看了一眼大家，大家的脸上都没有表情，我想的是每个人都有表达自己意愿的自由和权利。这种权利不可侵犯，不可鄙视，这也是我有时候敬佩马铁乘客的地方，即使有个国际学校的小孩吊在拉环上，出声的乘客都不是那么多的。

国际消除种族歧视日的那一天，所有本地学校的小孩都别了黄色和咖啡色的丝带。为什么是黄色和咖啡色呢？我问。平等啊，友好啊，自由啊，小孩答。老师的句子一定很长，可是小孩只记得住词。坐在旁边的老头儿腾的一下站了起来。不要在公众场合说普通话！他低吼。小孩惊讶地看着他。普通话！他又吼了一遍，眼珠瞪到两倍大，然后他径直走向门，浑身发着抖。到达下一站的时间真的太漫长了，他靠住门，气得发抖，像是经受了巨大的侮辱。终于到站，他匆忙地下车，又回过头瞪最后一眼。我只好没有表情地看着他，我还能够付出什么表情呢。

我的推拿师傅在香港生活十年了，如果我跟她讲今天不开心哎，有人会以坐在讲普通话的人旁边为耻呢，并且像逃避病毒那样弹开去，他弹出去他就光荣了？她就会安慰我说，她刚刚上班的时候，都会有客人叫来经理换人，客人说不要大陆妹。她说我的经理很好啊，经理说你要换人，没有的，你可以不做。推拿师傅说她很难过，可是恨不起来，因为那个香港女人好可怜哎。

黑丝婆婆像往常那样上了车，我真的倒抽了一口冷气，因为今次她穿了绣了花朵的百褶裙，搭配百褶裙的，是一双破洞黑丝。破洞黑丝，是黑丝里的战斗机，我过了二十四岁就不敢正视它了。她坐了下来，裙摆有点大，所以再下一站，就有人坐到了她的裙摆上面。和黑丝婆婆差不多年纪的老妇人，寻常香港婆婆的打扮，短袖衫和七分裤，凉鞋，都是白色的，环保袋里是报纸和青菜，她坐了下来，环保袋放在脚边。黑丝婆婆对她怒目而视，可是她就像是完全没有注意到，她也没有打开报纸，或者开始打电话，她就是坐着。黑丝婆婆画了眼影和眼线的眼睛已经喷射出怒火，她仍然没有转一下头，或者有所察觉。黑丝婆婆开始整理，幅度很大地，把裙摆从她的屁股下面抽了出来。她仍然没有很大的反应，只是，侧了头，微微地冲着愤怒的人笑了一下。黑丝婆婆惊呆了，又柔和了，黑丝婆婆只好也笑了一下。我真的就是看到了两个微笑的美丽的婆婆，整整十五分钟，她们就一路带着微笑，到达了终点站大围站。

我就想起了那个愤怒的老头，靠住门快要倒过去的老头，我为什么要没有表情呢？如果我也给出一个微笑，这个世界一定就会好了吧。

利安邨的空姐

我住的楼后面是利安邨，利安邨里有一个空姐。

我经常见到那个空姐，并不是我与她之间的缘分，只是我太注意空姐了。只要你开始注意哪一种人，那种人就会出现得特别多。我还注意所有的孕妇，她们也真的挺多的，十个迎面走过来的女人里面就会有一个是大肚子的孕妇。我认识的一个房产中介还说她根本就生不起小孩，她结婚十年了，可是不生小孩。她是我唯一认识的一个香港人，不是嫁香港人成为香港人的人，不是出生在内地童年来到香港的人，就是土生土长的一个香港人，然后嫁给另一个土生土长的香港人。我觉得她的确代表了一些香港人真实的生活的状态，我相信他们可能是有点养不起小孩。但不是肯定养不起，他们选择不生小孩，不只是经济的负担，也有责任的承担，负担不起，承担不了，干脆放弃，不用去面对。

社区议员还没有为我们的社区争取到机场巴士的时候，空姐是搭港铁去机场的。我经常遇到她，有时候是早晨，有时候是傍晚。无论是白天还是黑夜，她都不是你想象的那么美丽的。她拖着她的箱子，国泰航空的红制服，空先生家的黑色工作鞋，鼻尖出着油，口红残了一半。

乌溪沙站去到利安邨的那一段路也不是那么平稳的，她和她的箱子，难免叫人心疼。但是她的神情又是冷淡的，叫人想起来搭乘国泰港龙航班时不得不说的英语，你的心就没有那么疼了。奇异的只发生在中国人之间的英语的对话，当然你也可以挑战传说，跟香港空服讲普通话，反正我是不会再试第二次的。

我小时候看《重庆森林》，王菲扮演的擦来擦去的售货员，居然就去做空姐了。电影的最后，她也穿着制服，拖着箱子，靠在一道墙上，就跟梁朝伟的轮廓分明的前空姐女朋友一模一样。从来没有去过香港的小时候的我就会这么想，香港的空姐倒是你想去做就去做的啊？

后来我在香港住了七年，也只见过一个空姐，所以香港的空姐其实也不是那么容易做的，所以王家卫的电影，很多时候也不是那么香港的。

后来议员为我们争到了一个机场巴士站，空姐就搭巴士去机场了。我搭飞机的次数很少，但是每一次搭巴士，我就会遇到那位空姐。空姐总是拎着一个胶袋，里面装着一只隔了夜的面包。我有点理解不到她为什么不去机场吃早餐，香港机场不是有着全世界最齐全的早餐吗？

是的，香港机场有全世界的早餐，西式的、中式的。那也是很奇异的事情，机场的翠华就能够做出来不是翠华的公仔面，机场的大力水手也能够做出来最不像是大力水手应该做出来的炸鸡。能够从食物里吃出悲愤，也只发生在香港机场。然后有一天，我也拎着一只冷面包上了巴士，空姐排在我的后面，两个疲倦不快乐的女人，一起去机场。

我从来不看八卦杂志我也知道，香港的女艺人，如果被挖到邨屋出身，就会是翻不了身的咸鱼。邨屋两个字放在她的履历里，永远到永远。住邨屋的空姐，肯定也有很多，有人说香港百分之三十五的人都住在邨屋，但是香港之外的人不觉得空姐也应该住在邨屋。她们应该年轻漂亮，她们应该找富贵的男朋友，有邨屋之外的人生。

可是我看到了一个住在邨屋的空姐，肯定还有我没有看到的。生存从来都是艰难的，香港，或是香港之外，家累，或者只是愿与家人拥挤在一起。

港女的现实也真的是现实，如果他转不了你的后一半命，付了青春还付了一个坏名声，港女真的是全世界最冤屈的女人。

香港男人在文学作品里往往是面目模糊的，港女太现实，宁愿把爱情托付给别处的女人，一个，再加一个。或者坐在家里打机，买一盒充气人形，若这个人形真变作了人类，也要拜托她变回去，因为真正的女人是他们的负担。

我有时候去利安邨，有时候在楼下碰到富贵的邻居，邻居说你干嘛去呀？我说我去利安邨，我停了一下，说，去吃饭。邻居说天啊，那个地方我从来不去的。我说我要去啊，我又没有工人我也不会做饭我还不会讲广东话叫外卖。这个邻居本来在我的朋友圈里的，有一天我发现她把我删掉了。

利安邨里有一间大家乐。大家乐之前是美心，桌椅都破旧了，角落里的电视永远停在翡翠台。有一天美心不见了，装修了很久，变成了大家乐。有一天大家乐也会不见，变成大快活，或者再变回美心。我会去那里吃饭。

我不喝茶，我也没有时间，所以我从来不去茶楼。我去茶餐厅，十分钟的一餐，不过是让自己活下去。我曾经在早晨厌倦，如今到了傍晚我也厌倦。生存意识很弱，但是还有一点，所以我会走去利安邨，吃一餐饭，至少让自己活过今天。

对面是一对母子，母亲买了一碟洋葱汁龙利鱼饭。刚刚放堂的幼稚园的小孩，动来动去。香港的幼稚园很多都是只上半天学，而且没有午饭。有的家庭把小孩送去两间幼稚园，上午校和下午校。上午在国际学校学英文，下午在本地学校学中文，或者上午中文，下午英文。香港小孩的中午，用来换校服和吃很快的饭。

母亲把鱼切成工整的方块，小孩吃一口饭，配一口鱼。

快吃快吃。母亲催促，饭要凉了。

小孩嘻嘻地笑，一口饭，一口鱼。

小孩养得很好，白白胖胖，天真无邪。

小孩吃完了饭，开始喝好立克。如果你还是不习惯香港人的奶茶，可以要一杯热柠茶，或者好立克。

母亲把剩下的米饭，用汁拌了一拌，开始吃。汁不太够，她把酱汁碗完全倾倒了过来。洋葱汁捞饭，一个母亲的午餐。

我没有抬头。

我母亲很小的时候外公去世，姐姐们出外谋生，嫁人，或去工厂做工，母亲还在上小学，与外婆相依为命。放学回家，一碗冷饭，茶泡饭，已经很满足。有时候冷饭也没有，做完功课，早早上床，床边的墙角已经长上了青苔，孤儿寡母的家。

高中毕业母亲考上做空姐，拿着通知书去做身体检查，贫血，低血糖，长期营养不良。已经错过别的学校，同班同学们入大学，母亲下了乡，整整十年。

我离开家去美国，安慰她，我不会苦的。她讲不就是洋插队吗？母亲从来没有讲过那十年插队，母亲讲过很多次空姐的愿望，如果做一个空姐，会有多好，如果真的成了空姐，人生会有多么不一样。没能成为一个空姐，成为母亲最大的缺憾。

我的第三个阿姨嫁去北方，江南吃米饭长大的女子，最终与现实妥协，学会一手好面食。她年老时总是搬一把椅子坐在院子里，端端正正，面朝南方。可是直到去世，她都没有能够回到南方。

利安邨的疯子

我住的楼后面是利安邨，利安邨里有一个疯子。

我第一次见到那个疯子是在大夏天。利安邨圆形的邨民广场，她坐在密集的邨屋的阴影里，吃一个橙子，橙子皮扔了一地。香港有很多人会坐在地上吃东西，尤其是星期天，所有的公园、天桥的每一层，全是吃东西的女佣人。

但是这个吃橙子的女人，她的脚底很黑，像是走了很多路。

香港也没有人会把橙子皮扔一地，如果不是疯子。

她默不作声地吃着一个橙子，用力地把橙子皮扔出去很远，她的周围都是黄金色的橙子皮。

我小时候住的弄堂里有一个疯子，永远赤红的脸，竖直的头发。我知道他是疯子，但是我不知道他是一个怎么样的疯子。直到有一天我在人民公园跟着一群老太太打木兰扇，他走了过来，眼睛盯住我，很坚定地说，毛主席万岁。血红的眼睛，衬得他的脸不是那么红了。我在想我们之前肯定也在弄堂里迎面碰过，但是他从来没有跟我说过话。他最后选择了跟我说话，一定是因为我手里桃红的扇子。

我小时候住的弄堂里还有一个羊颠疯。羊颠疯不疯，病发的时候才抽搐，口吐白沫。但是有一天半夜羊颠疯喝了酒，跑到邻居家前的阴沟里小便。邻居说你也这么大的人了，不难看吗？羊颠疯就跳起来，一把扯断了邻居的白背心。我第一次觉得羊颠疯其实也是疯的。后来羊颠疯找到了一个羊颠疯女人，我们的弄堂里就有了两个羊颠疯。我不知道是不是国家不允许他们有一个婚礼，于是他们就成了我们弄堂里唯一一对没有婚礼就是夫妻了的夫妻。很多弄堂里的人都觉得这样也很好，因为其中一个羊颠疯发病的时候，另一个就会熟练地抬高他或者她的脖子，拿起什么塞进他或者她的嘴里，他或者她就不会被自己的口水噎住，继续地活下去。但是我想过如果两个羊颠疯一起发病的话，那就是这个世界上最悲伤的事情了。

我小时候的家的后门，还有一个瘸子，只是瘸子，不是疯子。弄堂里的人讲他是被人打断了腿，不是天生瘸的。他有一个儿子，跟他长得很像，没有人见过他的妻子，只有那个儿子。瘸子有一天突然失踪了，没有人知道他去了哪里。如果是死了，应该会有个葬礼，可是没有。于是那个瘸子，就成为了我们弄堂里唯一一个没有葬礼就不见了的人。那个房子里还住着那个儿子，没有人知道他是怎么长大的。我经常看到他站在他家的门口，也就是我家的后门口。他站在那儿，健全的双腿，一动也不动。有一天儿子也失踪了，重新出现的时候，也变成了瘸子，弄堂里的人讲这个儿子在西门混黑社会，被人打断了腿。我再看到那个儿子，瘸着一条腿，立在门口，跟他的老子一模一样，我觉得这才是世界上最悲伤的事情。

我在美国没有见过疯子，我在玩具店被一个大肚子孕妇用手指指着叫我滚回中国去。我也没有觉得她是疯子，她只是产前抑郁，会好起来的。

我搬到香港以后，也没有见过疯子，直到我见到那个利安邨的疯子。她坐在地上，脚底很黑，吃一个橙子。

我去利安邨是因为那儿有一间麦当劳。我走十分钟路去那里吃个汉堡，再走十分钟路回家，我相信这样就可以抵消我吃下去的东西。麦当劳的上面原来是一家美心，后来美心没有了，变成了大家乐，但是里面的人都没有改变。

以前美心一进门转左的第二张桌子，我有时候坐在那里，第一张桌子总会坐着一个胖胖的阿姨。胖胖的阿姨什么都不吃，只是自言自语，没有人管她，美心的人当是看不见她，利安邨的人也当是看不见她。

美心变成了大家乐以后，我还是坐在第二张桌子，胖阿姨还是坐在第一张桌子，大家乐的人也当是看不见她。直到有一天我一抬头，对面坐了一个不认识的阿姐，隔壁桌移过来的。香港是这样的，有空位的情况下，人们都会选择单独一个人的座位，不与任何别人搭台。就人与人之间的距离，我认为香港还是保持得比较不错的。不认识的阿姐冲我抱歉地笑，用眼神示意她原本的桌子对面突然坐下了一个胖胖的女人，这个人还同她讲话，吓到了她。她又不好丢弃吃了一半的食物，只好移到我的这桌。不认识的阿姐肯定不是利安邨的人，利安邨的人都认识那个胖阿姨，胖阿姨总是会在茶餐的时间来，入门直奔第一张桌子，坐下，开始自言自语。实际上她不是要同你讲话，她看着你的后面，不是看着你，而且那张桌子属于她，利安邨的人都知道。

实际上我也见过有的人会同胖阿姨交谈，纹了身的地盘工人、坐轮椅的阿伯、去街市买菜的师奶，不知道他们说什么，我又听不懂广东话，神情上来看，是友好的街坊式的闲聊。直到有一天我和胖阿姨在电梯口相遇，只有我们两个人，胖阿姨突然开了口。我猜测她是想跟我谈利安邨的议员有没有跟进81K巴士的准时到站情况，于是我点了头，又摇了头。胖阿姨完全没有看我，她望着我的后面，每一个字都是含糊的。

我觉得胖阿姨至少选对了生活的地方，这个地方的人也许不管她，看不见她，但是不干扰她，这就好了。

那个坐在地上吃橙子的疯子，到底也没有人管。我再次经过邨民广场的时候，她已经离开了，保洁员沉默地打扫了那些橙子皮。其实她穿着一条夏威夷的花裙子，那条裙子就是坐在地上也没有变得很脏。她的脚底很黑，但是她有着一头最长的长头发。我相信她是一个被照顾得很好的疯子。

利安邨还有一个儿童图书馆，我和我的朋友去那儿，带着六岁蹦蹦跳跳的女儿。我的朋友在部队里当兵当到二十八岁，二十九岁初恋，三十岁结婚。我们一起坐在图书馆，走进来了一位西装笔挺的男士，黑框眼镜，黑皮鞋，黑色公事包，一边走一边讲话。我注意到了他的耳机，我认为这种在图书馆里讲电话的行为很不检点，而且这是一个儿童图书馆，除了图书馆管理员和我们两个大人，一个儿童，一个人都没有。我的朋友目不转睛地盯着他，然后拖着小朋友的手夺门而出了。我反应很快地跟着她们，西装男反应很快地跟着了我。我的朋友在图书馆外面的走廊里奔跑起来，我不知道她们为什么要跑，我也只好跑。跑的同时我发现我的手脚很不协调，一定是很久不跑了。西装男仍然跟随着我，我顾不得回头，后背寂凉。直到我的朋友拉着小朋友的手从最后几级台阶跳了下去，当然我也跟着跳了，当然西装男也跳了。我以为我要死了，因为她们跑得比我快，而且西装男在我的后面，不是她们的后面。我的朋友和小朋友跳下了台阶以后拉开底楼一个房间的门钻了进去。那是一个羽毛球教室，里面有一些小孩在打球。我尝试推那扇门，门推不开，我突然意识到要用拉的。但是我没有时间，我很确切地知道西装男离我最多只有三厘米了。我从羽毛球教室门上的玻璃反光看到，他的手都举了起来。一群做完了什么活动的年轻人突然从门外涌了进来，他们吵吵闹闹，甚至分散了我的注意。西装男立即转身，从另外一个门逃走了，动作太快，一切都像是拍电影。

　　我和我的朋友坐在羽毛球教室里，面前是打羽毛球的小孩。我已经很久没有打过羽毛球了，我小时候住在弄堂里的时候经常打羽毛球，球总是会飞到谁家的屋顶上。一般情况下这就意味着一局球的结束，谁也不舍得再拿出一只羽毛球来打，因为羽毛球还是很贵的，尤其是那种很硬的真的羽毛做的球。但是如果一起打球的是个大小孩，这个大小孩就会尝试拿一根长竹竿去够屋顶上的球，球局就可以延续。因为除了打羽毛球，大家也没有别的娱乐。谁家里都会有那种长竹竿，但是长竹竿确切的用处，我真是一点都想不起来了。有时候球会被成功地挑下来，还有几个以前打上去的别人的球。很多球烂了，风吹雨打，不烂的是那种塑料做的，打起来软绵绵，而且更容易被风向影响的球。球掉下来的时候围观的小小孩就会欢呼，好像过节一样。动静太大，屋子的主人就会跳出来骂人。因为竹竿还是会碰坏屋顶的瓦片，瓦片坏了，下雨的时候屋子的里面就会漏水，是关乎生计的大事。

我的朋友跟我讲，那个人一进来她就知道他是一个疯子。我说他穿得整整齐齐，他还打电话。我的朋友讲疯不疯眼神是重点，疯子的眼神都是直直的死死的，他没有看图书馆管理员，没有看你，也没有看我，因为我们都没有动，他的眼睛盯住小朋友。因为她在动，她还穿了一件红色的衣服，所有的疯子都只看动的东西，鲜艳的颜色。

我说你跑什么？既然你确定了那是一个疯子，我们还有三个人，加上图书馆管理员。我的朋友讲，你以为你打得过一个真正的疯子吗？这是真的，我认识的一个家长，前些天在电梯里遇到一个疯子，疯子突然打了她的小孩一下。她说你为什么打我的小孩？疯子就打了她一下。她想还手，结果被疯子劈头劈脑打倒在地上。电梯门一开，疯子就走掉了。她爬起来报警，都没有用。也许那个疯子只在电梯里发疯呢？因为幽闭的小空间会令人瞬间发疯，出了电梯就正常了，警察怎么从一群在疯与不疯之间切换的疯子中间找到一个真正的疯子呢？这是真的。

我说那么我们刚才遇到的那个疯子也是刚刚切换成发疯模式的？图书馆是他瞬间发疯的诱因？一个循规蹈矩略微压抑的地产经纪，下班路上跟客户讲着讲着电话，突然断线，走进儿童图书馆，追着两个女人和一个儿童跑了一路，最后还从台阶上跳了下来，直到一群吵吵闹闹的声音敲醒他，他回复正常以后，就很正常地逃跑了？

我的朋友讲，反正我是头一回遇到这样的事情。我说我可是经常，利安邨的疯子可真的有点太多了。我的朋友讲一个真正的疯子绝对能够吸引到另一个真正的疯子，疯子们总是能够在一群人中间敏锐地发现另一个疯子的。

我转过头看学习打羽毛球的小孩们，有的小孩一个球都没有接到过。我们小时候什么都不用学，什么都是自己会的。我到了美国才开始打乒乓球，球板却是日本做的。我来到香港以后，再也没有打过乒乓球，我也没有打过羽毛球。楼下的会所有一个网球场，常常是空的，露天的网球场，设计师设计的灯光从四面八方照住那个网球场，可是没有人在半夜打网球。一个空旷的、被灯光直射的球场，我常常站在阳台上凝望那个网球场。我想的是世界上没有鬼，人心才是鬼，世界上也没有真正的疯子，我们都是疯子。

球

这个世界上有两件事情我是完全不会的，一是游泳，二是看球。

当然是因为童年阴影，因为小学时候被同学摁倒在游泳池里，我一直怀疑其实我当时就淹死了。至于看球，也是小学的时候，父母因为翻盖新房，把我寄宿在一个朋友家里一个星期。我父母的朋友有一个儿子和一个女儿，女儿还好，带我玩，儿子常对我翻白眼，吃着吃着饭就放下碗筷一个人走掉。我以为他是讨厌我，后来我才知道，他真的是讨厌我。

这家人很奇怪，吃饭的时候小孩不可以发出声音，大人就可以，这家人的女儿吃饭，只吃青菜，盘子边缘的青菜。我住了一天，就想逃走。我要求给父母打电话，大人说不行，大人说我家的房子正盖到第三层，要紧的关头，不可以打电话。

吃过晚饭，女儿说带我出去玩，我说不玩，我要看电视。女儿为难，领我到放电视的房间。她的父亲和哥哥已经在看球，两张椅子，并排坐着。我看到绿油油的草地，鲜黄的人，鲜红的人，追着一只球，追来追去。父亲儿子已经入迷，眼睛不眨，嘴巴都张大着。我说我不要看，不好看，我要看六一儿童节。女儿使劲地拉我的手，这个也好看，她说。我看了一会儿，还是草地，人跑来跑去，我说我不看了。

躺在陌生姐姐的陌生床上，窗外的月亮真的很圆，我就哭了。

隔了这么多年，我会来看一场球，是对我自己的突破。

女人看球，地位也不会高起来。现在的女人看的也不全是球，也许只是巴西队的翘屁股，德国队的蓝衬衫。

我插一支美国国旗，也不是因为美国人帅，事实上，美国队的长相算是整个世界杯的球员里最悲惨的了。我选美国队，因为派给我美国队对德国队的场。我又不喜欢德国，旋个零件都必须是七圈半，大长腿和深蓝衬衫都无法弥补。

我是这么说的，哪个场没人看，我就看哪个场。我还以为要派给我韩国队呢。

我没有想到的是，这个夜晚，每个人都醒着，瞪着这一场。我太不寂寞了。

我坚持了下来，这两个小时。仍然是草地，人跑来跑去，要么多一场大雨，百分之一百的湿度。香港每天都是雨，百分之一百的湿度。

他们说太不好看了，真的就是在踢球。可不就是踢个球，要多好看。

两个小时，实在有点坐不下去，我就发微博说，有没有人发现美国队有一个雷神哥哥。雷神哥哥不是美国队的重点，镜头里他晃过来，晃过去，然后他换下场了，我都不知道他的名字。有人复我说，你的头像是温暖的尸体吗？你看，大家都不说对的话。

我记得一些特别的瞬间，和裁判撞到一起，队友撞到一起，一个有着冲锋心的守门员。至于挺拔的背，人鱼线，我是睇错场了吧。这么大的雨，节制的德国人，牛仔的美国人，谁都没有展露出腰身、胸肌或者腹肌，每个人都跑得飞快，无数奔跑的腿脚。

中场过后，他们换上了干衣服，重新从头到脚包起来。令人失望。

只有德国教练的蓝衬衫，全被雨淋透了。我一直在想他长得真像《欲望都市》里的 Mr. Big 啊，冷峻眼睛，顽固又浓情的粗眉，那只特别的鼻子，接吻的时候完全会挤压到对方的脸。我真的是在看球吗？

白骨精十六岁

　　老版《西游记》里的白骨精太胖了，表情还总是喜滋滋的，是所有的女妖中最让我不服气的。我理想中的白骨精，就应该是瘦，瘦成一副骨架的那种瘦，市面上所有的蛇精脸都可以来演，因为也不需要表情。没有表情，就是白骨精的表情。这一点巩俐做到了。巩俐做不到的只是白骨精的洋气。对，白骨精还得洋气，就算是她自己说的，十六岁嫁到大户，那也得是城里家道中落了的小姐，嫁到了农村的大户。

　　嫁与大户后的那一年，她没有说，得宠不得宠的一年。反正饥荒一来，村人说她是孽畜，引来灾祸，要绑她去祭天。她的大户丈夫也没有为她开脱，由了村人绑去。不知道是不是巩俐的原因，我居然串场了，我串到了《大红灯笼高高挂》，一个女学生，嫁与大户做妾，不过是想好好做个妾，吃得上菠菜豆腐按得上脚底，年轻漂亮有文化，都免不了被遗弃。原来大户家里，最不缺的，就是妾。

　　她倒是说了她是怎么死的，轻飘飘一句，秃鹰啄食。我想像了一下那种死法，应该跟凌迟差不多，一口血，一口肉，直至白骨，这个过程，有多痛苦。难怪白骨要成精。

白骨精吃唐僧肉是想永世做妖，不受轮回之苦。我对妖的修行没有太大研究，应该也是跟人一样，隔几年就有个考核，考过了就是公务员，考不过就是灰飞烟灭。对妖来说，真的好过重去轮回。我相信很多今世是人的人也是这么想的，不想做神不想做仙我已厌倦，请让我形神俱灭吧别再派我去轮回。

更何况是经历凌迟之苦的女人，做一个灰飞烟灭的决定有多坚定。唐僧偏要度她重去轮回，还非要搭上他自己的命，到底是度她还是度他自己？盛情之下，白骨精最后那一笑，简直是苦笑。

白骨精说了两次十六岁。不知道是不是编剧有爱玲情结，桃花树下，十五六岁。十六岁嫁人，一年以后，被祭了天，所以她死的时候，应该是十七岁。十六岁十七岁，都是女子最好的年纪。

两次她都没有提十六岁到十七岁的那一年，什么样的一年？难道痛苦太过痛苦，记忆自动选择了遗忘？我记得小时候看过一百遍的一部电影，我也不想的，要不是电影台不停不停地重播。一支女子部队经过一个村庄，大冬天里，湖里有个捉鱼的童养媳。当然是捉不到鱼，岸上的小少爷就持了竹竿打，显然这快乐是比什么都快乐。部队赶走了小少爷，救出了童养媳，童养媳撩起湿透了的单薄衣衫，满身伤，肚子上还缠了一层又一层布条。不给吃饭，布条缠肚的画面，简直成为我的童年阴影。部队剪开布条，解放了童养媳。童养媳一气吞了两碗热米饭，然后跑了好几里，爬上了一架很高的秋千。童养媳的脸迎向太阳，饱满的大脸，崭新的金色的好生活在等待着她。

白骨精给唐僧讲故事的时候是说，最后，我逃走了。真相是她逃不走，绳索绑住了她，她只能受她一口一口被吃掉的苦，"逃走"两个字，是一个十七岁女子绝望中的最后念想。

所以听到这一句台词，他们想要的是真相，我看到的心相。你不要笑。唐僧看到了白骨精的心相，她不做人了，她做妖，美美的妖，吃人，飞来飞去。可是白骨精的心相肯定停在了十六七岁，要不她怎么说不出来，她做妾的那一年。她被秃鹰啄食的缓慢又痛苦的过程，她想得更多的，不应该是丈夫的背叛吗？她都舍不得说出来，只说是村人愚钝，虐杀了她。

我写过一个小说《杀妻记》，只有一句。有个老公想杀了老婆，但他不是一刀杀掉她的，他每天杀一点，每天杀一点，每天杀一点。

这个小说简直是我写作路上的一个里程碑，我以后都写不出来了。我后来写过一个《老婆饼里有老婆》的惊悚小说，都超越不了它。

《三打白骨精》剧组花了那么多的钱做各种各样的魔戒特效，怎么不做一道十七岁女孩子被慢慢吃成白骨精的特效，难道要去指望观众自己的想像力？惯坏了的观众，只接受最后一场，千万白骨聚成一个真正巨大白骨精。或许这个白骨精才是白骨精的真相，没了下半身的白骨精，还把唐僧放在心口，跳跃着追逐孙悟空。孙悟空当然打得她七零八碎，观众们个个叫好。难道只有我看出悲凉的真相，成了白骨精的白骨精，坎肩还得是金黄的，睫毛还得是长长的，明明只是一个美美的姑娘。

贡献了一年身体仍然被遗弃，肯定还有爱情，不是身体不够美好，皮肉不都是假相。只是这世间的男子，除了唐僧，大概都不懂得看心相。

阅读课

七年级

我觉得这个世界上有很多奇怪的东西，比如作家班，作家班是学什么的呢？学写作吗？跟学挖掘机一样？我当然也是认同写作的训练的，因为运动员也是要训练的，不训练就挣不到好成绩，运动员的职业生命也是短暂有限的。但是作家训练的方法是什么？我有点想像不到，我能够想像的是日复一日年复一年地大量阅读和重复写作，如果没有一个教练的话，这样的训练是不是能够坚持？所以写作者肯定是比运动员自觉的，因为写作者往往都请不起教练，却都能够坚持自己的训练。那么我可不可以这么理解，作家班就是一个集训形式，教练也许不是最重要的部分，运动员们的互相激励才是重点。

中国有一些作家班，我没有去过，去过的人说十几年前吃得挺不错的，现在的伙食就很难吃了。当然我相信作家们去上作家班也不是为了吃，如果想吃好吃的，他们也是可以在下了课以后再去吃的。

当然别的国家也有作家班，我也没有去过，所以英基沙田学院的老师叫我过去给七年级讲写作课，我思来想去，只好讲阅读。我又不会讲写作，在我这里，写作确实不是挖掘机，可以用教的。

在我这里，童年阅读是最重要的。我小时候读过一些伊朗童话，吊死的胡狼，用穷人血洗手的富翁，还有那个每天被杀的公主。一个魔王抢来一个公主求婚，可是公主不爱他，眼泪流啊流啊全部变成珍珠。魔王就杀了她，砍下她的头装在箱子里，鲜血变成红玫瑰，逆流而上。第二天魔王用药水涂抹公主的头和脖子，公主复活，眼泪变成珍珠，魔王再求一次婚，公主再拒绝，魔王再一次杀了她，血变成玫瑰，就这样过了好多年。一个每天被杀，又每天复活的公主。

我的整个童年也一直以为一个土豆就是一个宇宙，土豆煮熟了，宇宙也熟了。后来我从一个印度舞蹈里读到一个印度童话，一个总是逃跑的孩子，大人们追他回来，可是他还是要逃，原来他的口中有一个宇宙。我就觉得这个世界上再也没有比阅读更酷的事了。所以童年时候的阅读，确实会改变人的一生，所以所谓写作课，如果非要有这么一种课的话，写作课，应该是教阅读的课。

我的七年级没有写作课，当然也没有阅读课，我只好为我自己挑选阅读的内容，实际上因为完全没得选，我只好阅读了所有我能够找到的书。我的七年级，只有《红与黑》《基督山伯爵》《茶花女》，甚至《静静的顿河》，全是我父母书架上的书，有些书不得不被阅读了十几遍，比如《西游记》，其中一些段落，我到死都不会忘掉。

后来他们讲我的作品有小女孩的残酷，我自己觉得其实是悲壮。

我童年时候读的全是悲壮的故事，这导致了我到了老年，死也是要站着死的。

是我那个时代的局限，也是我的幸福，如果你父母的书架上一本书都没有，你也得度过你的童年。我们的童年总是无边无际的，用不完的时间。

我收到过一封迟了十五年的读者来信，那位预科生说他是在他父亲的书柜里找到我那本书的，然后他用了应该用于温习的时间读完我的书。我当然很感动，又很悲伤。是的，我的书，十五年前我当然也是用了心血来写那本书的，但它绝对不是一本最棒的书，如果阅读的时间有限，为什么不给更棒的书呢？当然我以后是一定会写出那么一本真正棒的书的。

我七年级那年的生日礼物是一套人民文学版的《一千零一夜》，六册，每一册都是蓝绿色的封面，最棒的礼物。我记得是因为那个时候的书真的不是那么多的，也不是那么容易得到的。所以我记得我小时候所有的书，所有的故事，比如这一个。

老人院买了一台削土豆皮的机器，可是土豆机老是坏呀，今天在里面发现一只手套，明天又发现一顶毛线帽子。院长就说，大家要小心一点啊，土豆机再坏，又要回到从前手工削土豆的日子了。可是一转眼，土豆机又坏了，这次啊在坏掉的土豆机里发现了一个老太太的假发套。院长注意到，老人院的老太太们对于土豆机的坏掉，反倒很高兴呢，她们又围坐在一起，一边削土豆皮，一边聊天，还笑得很大声呢。院长就在心里面想，嗯，就让削土豆机这么坏掉吧。

四年级

孙方中小学是香港第一所以普通话为全科教学语言的小学。孙方中女士是推广普通话教学的先驱，令人敬佩的女士，尤其在那个年代，也是这个时代的先驱。所以孙方中小学的老师希望我给四年班的学生讲一下写作，我还是很高兴的。

第一节课的一开始，我问了一下四年班的同学们，为什么要来上我的写作课？一个同学说他是被挑选来的，以后参加作文比赛，他自己是不想来的，因为还要写功课。第二个同学说，他是想他自己的作文好起来，作文好了分数才会好，分数好了才考得上好中学，考上了好中学才考得上好大学，要不以后他会去睡天桥底。

我告诉他们，上我的写作课，肯定提高不了呈分试的分数，也不会在作文比赛拿到名次，只要考试制度还存在，只要评委还是那些人，只要每年仍然有无数上海北京的小孩子过来香港跟你们比赛写作文。

至于睡天桥底，我只可以说，这四个字真是太有力量了。

我的写作课，只是教阅读的课，而且是教阅读课外书的课。但是我自己是不阅读的，在我的 24 岁以后，我所有的阅读都在那一年结束了，我以后会来谈这个问题。所以我特别希望他们去阅读，就像是我最好的朋友搬新家了，我很高兴，高兴得好像我也搬新家了。

第二节以后的课，负责老师因为自己有课，不能旁听。这也很好，如果听了，必定是要疑惑，希望帮助到学业的写作课，怎么可以只讲阅读。

但是在我看来，阅读是一生的事情，再也没有比这更重要的事情了。

所以我跟四年班的同学们讲了这样的话。

你们自己也知道阅读重要，可是你们不去执行，一是没有耐心，二是不专心，三是没有方法，还有更多的原因。说到底就是没有耐心，加上不专心。

我知道大人们让你们参加各种各样的写作班，呈分试班。但是我这个大人是不同意写作被当做一个班来上的，写作的班没有意义，写作也没有技巧可以教。

你们写作上面的问题，完全只是阅读的问题，没有阅读的兴趣，当然也没有写作的兴趣。

我知道大人们寄希望于你们自己长大，自动自觉地去阅读。这是美好又疯狂的幻想，没有什么是从天而降的，我就没有遇到过一个神童，我也没有中过一次大乐透。神童和大乐透彩金，是神话中的神话。

这期《亲子王》有个访问讲一个作家妈妈苦心栽培，终于把儿女都培养成为了小作家，写访问的人说，这就是遗传。

可以这么说，这是一篇不负责任的报道，因为遗传这种东西太神秘，我就没有见过一个遗传到父母才能的小孩。我有很多艺术家朋友，他们的小孩很多都很不艺术。

也不要寄希望于栽培，专家们讲的，教认字教写字，睡前阅读。很多父母的方式是直接上床，话都没有，很多小朋友的婴儿时期，大房子里，父母和孩子都是没有话的，很懒的父母，实在是连话都懒得讲。

我注意到学校很鼓励阅读，每天的阅读课，并且读够一定数量的书，就拿得到嘉许奖。可是这个办法是没有办法的办法，我是这么想的，一定有那种只抄书名来交报告的小孩，他们也拿得到嘉许状。

数量不应该是一个标准。有些时候对一本书的反复阅读，更有用。

如果阅读没有成为美好的兴趣，阅读课的阅读就只是功课，很多功课都是被迫的，即使坚持六个月也成为不了习惯。

刚才站在校门口的时候，我与一位一年班的家长交谈了一下，她说她不许小朋友看电视，只许看书，可以提高作文。我说是吗？她说班里的同学都只看书不看电视，而且他们都很高兴。我说那很奇怪啊，我理解的小一生，都应该是高兴看电视多于高兴看书的。

如果我是一个小一生，我父母禁止我看电视，我也许会对阅读厌恶，并且心生更强烈的对电视的向往。当然我说的只是我，我只代表我那个时代以及我这个个人。我父母不禁止我看电视，我是在看了整整一个暑假的电视以后自己觉察到电视的空虚的，我什么都没有得到，时间都浪费了。我也许会沉迷越来越空的空虚，让电视以及其他与电视相似的东西成为我的精神依赖，但我最终选择了书籍。也许阅读的过程艰辛，你要跟住它，真正地思考，并因此痛苦，但它给你一个无限的世界，无边无际的想像，甚至一个你自己的结局，甚至一个完全没有结局的结局，就像一颗星星划过无尽的天空。

所以我想说的是，你当然可以看电视，当做休息，但是谁都不能一天到晚休息，只有阅读才能让你觉得你是活着的。

我认识一个只阅读大百科全书的小一生，他早晨和傍晚都在阅读，只不过排除了大百科之外的任何书。他对于大百科的阅读，在我看来，跟使用电脑的谷歌网页并没有什么差别。我强调的是文学的阅读，当然也有必不可少的一部分的科学的阅读。

这个小一生还跟我讲，他不看任何童话，他只看《昆虫记》，因为他长大了要去做法布尔不是去做银行家的。我就说，看童话也不是为了做银行家，看童话惟一的用处就是令你变成很丰富的人，世界的丰富，不仅仅是虫世界的丰富。现在那个小孩已经在一年班时读了三遍张天翼的《大林和小林》，并且在六年班的第一个学期读了两遍赫尔曼·黑塞的《乡愁》，因为他觉得那本书很酷。

对于你们，我还是建议从所有的童话开始。童话适合所有的人，从儿童到老人，伟大的作家们已经为我们创造了太多伟大的童话。你们现在没有时间阅读的话，也可以在以后阅读，阅读没有期限，我也是在我二十岁的时候才第一次见到《小王子》，我一点儿也不觉得我的整个童年都错过了。它就应该在我二十岁的时候到来，没有早一年，也没有晚一年，我真的对它说了一句，嘿，原来你也在这里。

所以，你可能没有得到阅读的胎儿期的教育，婴儿期的教育，儿童期的教育，你可能一直觉得你已经晚了，什么都晚了，我都四年级了，作文还写得这么吃力，我是不是没得救了。

那我再说一遍好吧，只要你愿意，现在就开始。阅读没有开始也没有结束，阅读没有时间的限制。

城市与阅读

因为今天要讲阅读，我就去我的电脑查了一下，过去的那些日子，我写了什么，读了什么。实际上我已经很久没有写作了，但是我找到了去年的这个时候我答过的一份关于阅读的问卷。我忘记了出题的媒体，但是他们提出来的那些关于阅读的问题，我现在再拿来看，觉得很不错。

比如你最常去的书店是哪一家？你现在包里的书是哪一本？当然还有这个问题，香港的阅读氛围与大陆有什么不同吗？

因为这些好问题，我可以停下来，观察一下我自己的阅读情况。原来我的阅读习惯，是在地铁里，早晨七八点钟的时候，这个时间，是很多人赶上班的时间。我注意到，地铁里的每一个香港人，都在阅读，当然了，有的人在读头条日报，有的人在读手机。

出题的人给了我很多阅读地点选择，家？书店？咖啡馆？图书馆？我觉得能够在这些好地方阅读，很幸福，很多人都只能像我这样，在摇摇晃晃的上班路上阅读。可是还能够阅读，就是幸福。

我最常去的书店是沙田新城市广场的那间大众书局，后来搬走了，我就去商务印书馆。我对所有的书店都没有特别的喜欢，哪间书店离我最近，我就去哪间。如果去深圳，我去少年宫那里的深圳书城，因为从福田口岸搭地铁过去方便。住在香港，我就没办法在网上买书了，邮费比书贵，尤其当当，用顺丰来送香港，一百元的书五十元的邮费，上门再收偏远地区三十元。我住在乌溪沙，当当和顺丰令我意识到我住得实在偏远。所以我认为有一些电商不会有香港市场的未来，当然了，如果他们的眼睛只需要看到中国大陆，因为中国大陆的图书市场确实最大，他们不需要看香港，我也没什么好说的了。

去年我答问卷的时候还没有 Kindle，所以他们问我怎么看电子书和数字阅读，我说我还是倾向传统纸质书，因为我用 iPad 看书，眼睛很累。今年再来答这个问题，我就倾向电子书了，但是我还是同意这一点，纸质书是不会消亡的。

其实我读的书还是很少，要让我列个近年的书单出来，我是列不出来的，去年我也只读了半本也斯的《岛和大陆》，到今年还没有读完。因为不读书，我也不好意思给大家推荐书，我最后一次荐书好像是十年前，《芒果街的小屋》，美籍墨西哥裔女作家 Sandra Cisneros 的作品，我喜欢她的语言的速度。

我自己也知道，不阅读，你就是一个行尸走肉。阅读能够改变所有人的生活。下面这一句是我想对所有写作者说的，如果你不能够再写作，请保持你的阅读，阅读是你走进森林里手里握着的那根线，即使你迷路了，你也找得回来。

记 食

素 面

年轻人初春时节来到兰陵城，青布鞋踏上青石板路，未褪尽的寒意。

马上就有闲人凑上来打听这个年轻外地人的来历。年轻人一概笑笑，并不回答。直到顺大一屁股坐到了他的对面，年轻人正在吃面，义隆素菜馆，头汤面。

我同你讲，顺大说。

年轻人抬头，看了顺大一眼。

顺大咽了口口水，年轻人要的是三两素面，断生。

讲什么？年轻人说。

你要是想在这儿扎下根，顺大咽了第二口口水。你就应该拜个干爹，顺大说。

是吗？年轻人笑出了声。

顺大板正了脸，咱们西门，牢头禁子是顶顶威风。

年轻人皱了眉。

暗处一张台，坐着个老头子，要的也是断生素面，拌面，豆腐干丝，硬香。

老头子响亮地咳嗽了一声，顺大竖着的大拇指和眼珠便僵在那里，头一低，溜到外面去了。

年轻人望了那老头一眼，笑了，说，我叫老四，我在家里排行第四。

老头子也笑了，说，来来来，坐过来。年轻人就端着面碗坐过去了。

一年以后，好像也不到一年，老四在兰陵城就有了两个铺头。若说是老四的干爹，老牢头禁子的原因，也不全是。禁子什么的都是从前的事，如今老头过的只是泡盆汤吃老酒的清闲日子。若说是老四真从那位禁子干爹那里学到了什么，大概也就是看人的本事。

老四本来就会看人，一看一个准。再加上禁子的眼睛，看人只要一眼，做生意就不大容易失手。

老四的干娘，天生一脸白麻子，但是受人敬重，见面都叫师母娘，背后也不敢提个麻字。师母娘一直在想，老四真正要在兰陵城落下脚，到底还是要娶个本城的女子，才算名正言顺。于是她四下张罗，订下南门一个大户家的女儿。大户是大户，老爷少爷都吃鸦片，败落了的大户。

败落了的人家，女儿的规矩仍然教得相当好，婚礼也是相当体面，凤冠霞帔，三叩九跪，干爹和干娘坐了上座，饮了媳妇茶。老四那边竟然没有一个亲眷，娶亲这样的大事，老四也没有写一封书信回去。

赤着手出来闯天下的老四，终究是有了一个家了。

接下来是买地。老四挣的钱全用来买地，买了地，再盖屋。

没有人知道是为什么，地是老四唯一的软肋。一讲到地，老四的精明全不见了。

依旧是义隆素菜馆，头汤素面。顺大靠拢了老四，掩了嘴，河对过有块地要卖。

那地如何？老四动了心。

大。顺大说，老实话，大是真大，没人住的荒地，全是草。

买。老四说，地就是用来开的，荒地开出来了也是好地。

老四有了决心，喝了口茶，心情大好，突然吟出一句诗：腰缠十万贯，骑鹤下扬州。顺大从来没有听过这么长的句子，不由吓了一跳。

师母娘倒先知道了，捎了信来，那块地不能要，旧辰光杀头的地方，原来叫乱岗头的，杀头的人先在街上游，游到那个地方杀掉。

老四听师母娘的话，回掉了那块地。

顺大找了第二块地，老四买了。杀头的地方，全城只有一个，又没有第二个。

只是地中央一片小树林，这次没有人告诉老四，林中竟有几个老坟。老四咬咬牙，到底弃了那块地，也不是风水，只是忌讳。

船上的人没有忌讳，既是废地，不如住了去。干草盖了棚屋，船上人做了岸上人，不跑船了，跑黄包车。整个西门的黄包车夫全是原先的船夫，而且都是同一个地方出来的。黄包车夫们白天辛苦干活，半夜回到棚屋，运河水浇在身上，皮肤嘶嘶地响，烧酒配猪头肉，神仙不换的好日子。一块废地，有了人的气息。

老四年纪过了四十，就是四爷了。四爷的太太四奶奶不大出门，家门前人家叫一声四奶奶都会马上低了头，也不知道是应了还是没应。

四爷和四奶奶生养了两子一女，老幺是老来子，体弱，但是生得精灵，于是最得关照。四爷只带老幺出去走动，兄姐就有白眼过来，背地里也有小动作。这个老幺竟是很犟，吃了痛也是一声不吭。

十岁虚岁生日的一大清早，老幺一睁开眼就看见他娘站在床前。老幺揉揉眼，娘脸上扑了薄粉，头上抹了头油，从未见过的压箱底的旗袍，蝴蝶盘扣和滚边儿还是崭新的。

带你去吃小笼馒头，今朝只带你。做娘的说这句话的时候很是小心，嘴唇都快咬着老幺的耳朵了。

老幺马上就爬了起来。跨门槛的时候背后射来两道刀影，老幺心里一慌，脚下一乱，被门槛绊了个大跟头，急急地爬起来，拉着娘的后衣襟就出了门。

老板娘招娣满脸堆笑迎上来，银盘大脸，油珠汗珠闪闪发亮。

四奶奶低头掏荷包，荷包是在上海买的，绣了金珠银珠。招娣迅速地瞄了一遍金珠银珠荷包，旗袍，旗袍下面的透明洋袜。

扬州鹅蛋粉来的吧？招娣忍不住地问。

四奶奶没有表情。一客小笼馒头。四奶奶说，蟹粉，顶黄。

招娣脸上青了一青，马上又堆起笑来，扬州粉卖相就是好。

四奶奶眼睛望去柜上摆的几碟姜丝，都不新鲜了，不由皱了眉。

新的新的，早上头新切出来的，招娣赔着笑。趁着大人望住姜丝一眨眼的空档，手脚麻利，客人吃剩下来的香醋全部倒到小孩面前的味碟里。小孩眼睛盯住招娣，一声不吭。

小笼馒头上了桌，热气腾腾。

趁热。做娘的说，醋里加些姜丝。

儿子却一下站了起来，动作太大，板凳倒了地，就这么走了出去。

做娘的马上跟着出去了。

招娣追出来，端都端上来了，要付铜钿的。

四奶奶眼睛盯住招娣，你再说一遍？

招娣心里虚，只管嘴里啰嗦。四奶奶也不理她，只是跟住小儿子。儿子又是没有话的，四奶奶也没有话，一路到义隆素菜馆。

素面？做娘的问。

儿子点头。

三两素面，一个荷包蛋。做娘的端坐在小儿子对面，双手平放在膝盖上。儿子吃面吃到最后，碗底里还卧着一只蛋。儿子抬了头，眼中含了泪，娘看起来就有些许模糊。

白雪冰砖

　　这个小儿子学习很好，年年班主席，只是四爷到底年纪大了，已经记不住事，家里主事的已是长子，兄弟相差了二十岁，感情上薄凉。小儿子读一年书要五元钱，钱又在大哥那里，小儿子要了几回，没能要到，撑完中学，去海岛当兵。

　　小儿子在部队里也不说话，跟所有的战友都远，不愿写报告也不愿写通讯，倒是愿意替所有的战友写信回乡，一手好字，见字如晤。战友们表示感谢，于是教会他抽烟喝酒。一周一天休假，上了岸找好啤酒好牡蛎。小儿子找到白雪冰砖，那一口香草冰淇淋的味道，永远忘不掉。

　　退伍以后，小儿子去了发电厂上班，娶了全厂最漂亮的姑娘，生了一个女儿。女儿刚刚出生，大地震，太太抱着婴儿跑出屋子。整条弄堂的人都住到了屋子外边，临时搭建的防震棚，三天没有动静，再搬回去。

　　计划生育政策推行，女儿成为最早的独生子女。女儿慢慢长大，长相像他，不像太太，脾气也像他，不说话。给她的零用钱都存起来，不买学校门前小摊的糖果，不买港台明星贴纸，什么都不买，只是存起来。

女儿有个同班同学，住在后边的弄堂，天天算准吃饭的点过来敲门。太太觉得可怜，盛多一碗饭。同学埋头扒饭，谢谢阿姨。

同学吃完饭，手脚麻利，偷了女儿抽屉里的钱，匆匆告辞。学校门前的小摊，鸡蛋饼、山楂糖、八仙过海贴纸，一次买光，送给所有的同学，同班的、隔壁班的、高年级的，唯独少了女儿。

女儿课后找了同学，我妈待你这么好，你又吃了我家多少饭，倒偷我的钱。

同学认错，说以后还钱。如今手里只剩五分钱，你要不要？一边说，一边翻白眼。

女儿说不要。

学期结束，同学没有还钱。女儿课后找了同学，说，我会告诉你妈。

同学笑到翻，去告诉啊，又不怕你。

女儿瞒了父母，瞒了老师，寻到后边的弄堂。爷爷弃了的地，三岁时候，地契已跟着爷爷下了葬。从来不去、父母也不让去的后边的弄堂，拐弯抹角的路，找到同学的母亲。同学的母亲正在啃一只红烧猪蹄膀，跟她的女儿一样，笑到翻。

女儿课后找了老师，老师说你又没有证据。女儿说贼已经招认，只是钱全部花光，没有法子还我。老师叫来同学，同学又不认了。老师冷笑，说别人是贼，非同小可，你当真想好了？

同班同学都说是女儿的错，不过是偷点钱，又不是死罪，穷了就只能捱穷？寻了家长，还寻了老师，富家女作死。同情占了上风，女儿再没有一个朋友。

女儿十岁生日，请了父母到大华电影院隔壁的地下室冰室。冰室的窗玻璃上写着冷气开放，全城唯一的一个冷饮店。

要了一个白雪冰砖，盛在金边瓷碟，三把勺子。女儿努力地笑，只够钱买一块冰砖，爸爸妈妈一起吃啊。

爸切了一角，妈切了一角，白雪冰砖变成六边形。

好吃吧，女儿说。

朴田的早饭

吴小姐说要请我吃早饭。

可是我们并不在扬州，我只知道扬州的早饭好吃，我童年的时候父母经常带我去扬州，吃早饭。我父母是这样的，一个星期要上六天班的年代，他们在那个最珍贵的第七天洗完了被子，打扫好了房间，然后搭一班三个小时的长途汽车，去无锡，吃一客王兴记小笼馒头。后来有了我，全家改去扬州，吃早茶，看一下瘦西湖，全是寒冷冬天里的事情。所以我的童年滋味，竟然是扬州，一个真的很瘦的湖，一个富春茶社，三丁包子，千层油糕，烫干丝，三省茶。

我也有三十年没有吃到扬州的早饭了，我不知道扬州的早饭是不是有点变化？到底三十年了，人是面目全非了，包子呢？

而且我们也不是在扬州，我们在常州。

所以吴小姐说要请我吃早饭，我第一个想到的只能是德泰恒的豆腐汤。

所以吴小姐在电话里笑到喘不过来气，等她笑完，我问她，是不是德泰恒已经没有了？她说是吧。我说文笔塔还在的吧？她说好像吧。

我记忆中还有一些吃早饭的地方，比如义隆素菜馆。

也不是它有多好吃，一个地方能够被留下，刻在心里，肯定也是因为那些它与你之间发生的事情。

我在义隆素菜馆碰到过我的化学老师。吃完面，老师跨上了他的自行车，跟我说再见。他都没有像一个真正的老师那样叮嘱我要好好生活，以前上学的时候他也没有叮嘱过我要好好学习，他把我叫到他的办公室，给我看考卷上的 51 分，然后细致地把那个 5 改成了 6，然后对我说，你母亲还好吧。我老是想写他家的事，可是他老是什么都不说，要不是我母亲是他的同班同学，我就真的错过了他家那风风雨雨的历史长剧。我会以为他真的只是一个化学老师，红鼻子，小个子，5 改成了 6 真的一点都看不出来。

所以吴小姐说要请我吃早饭，尽管我不认为有什么常州的早饭可以超越义隆素菜馆的素面和豆腐干丝，但是我愿意去观察，既然她说的就是，我要请你吃早饭。

吴小姐的车停在我家楼下，我一时没有认出来。她的车，该是一辆黄色甲壳虫，也就是他们讲的，二奶车。吴小姐生气地说，甲壳虫怎么是二奶车了？甲壳虫怎么会是二奶车，迷你库珀才是二奶车。不过那也是十年前了。十年了，谁不换个车，有的人二奶都换了十个了。我上了车，说，为什么是奔驰，那谁说的，骑自行车哭，坐奔驰笑？吴小姐白了我一眼，说，那是宝马，那是宝马好吧，宁愿坐在宝马里哭不要坐在自行车上笑的宝马。我说好吧我们去吃早饭吧。吴小姐的车开出去了一段，说，土豪才开宝马。

车停在一片仿古建筑的大门口。

可以停的吗？我问。

可以，吴小姐坚定地答。

真的可以吗？真的吗？我又问。

可以可以可以，吴小姐答，没有什么是不可以的。

我们肯定路过了一个名人故居，但是因为太早，门关着，我也没有能够进去看一眼。可是看了一眼也不会怎样，名人都不是这里的人，他只是死在这里。这里的人对死在这里的人格外敬重，雕了像又故了居，这里的人却对生在这里的人蔑视，很多人就跑到外面去了，死在别处。

吴小姐推开一扇木门，我瞬间落到了古代。一个院子，全是古代的家具，还有树和水缸，蟋蟀和睡莲。我站在大门口，不知道怎么办才好。

坐啊坐啊，吴小姐说。

院子中央是一个小方桌，四张小板凳，我坐了下来。院子的四面八方就走出很多人，全是年轻的男人，每一个都长得一模一样。他们在小方桌上放下了各种各样的吃食，又散落到院子的四面八方。

一起啊一起啊，吴小姐说。

好啊好啊，他们温和地答。

然后就剩下吴小姐和我，摇着扇子，开始吃早饭。

我吃到了糍饭糕和不夹油条的米饭饼，快要失传的常州早点心。

太会买了，我说。

吴小姐一笑，说，他买的，他知道是什么，也知道哪儿做得最好。

我顺着吴小姐的眼睛望过去，早晨清淡的太阳光，一个正在给院子里的花花草草浇水的好看的男人。

于是我中年的滋味，就是这样一个院子，院子里一个穿着古代衣服的男子，水帘之下，竟然还出现了一道彩虹。

如果我是写穿越剧的，此处该是《琅琊榜》的第一集了。但是我不是，我吃完了糍饭糕，伸手过去取了第二块米饭饼。

我还在轻工幼儿园上小小班的时候，每天早上的早饭，都是一块米饭饼。西瀛里，一个只卖米饭饼的老奶奶，花手帕包住那块温热的米饭饼，一路走，一路吃。女儿牵着母亲的手，数着地上的方格，希望这条去幼儿园的路永远也走不完。

遇到了一对要饭的母子。

女儿说，今天的米饭饼是苦的。

女儿说，那个要饭的小孩，给他吧。

于是缺了一口的米饭饼，由女儿的手，传给要饭的小孩。

要饭的小孩接了过去，大口吃起来，站在要饭小孩后面的要饭的大人，也没有说什么。

女儿回头张望，他吃不吃得出来米饭饼是苦的？赶上班的母亲快要迟到，心急透过了手心。终于还是到了幼儿园的大门口，女儿放声大哭起来。

米饭饼

　　母亲生在青果巷，母亲的姐姐们都生在青果巷。外公去世，家道中落。姐姐们出外谋生，嫁人，或去工厂做工，母亲还在新坊桥小学上小学，与外婆相依为命。放学回家，一碗冷饭，茶泡饭，已经很满足。有时候冷饭也没有，做完功课，早早上床，床边的墙角已经长上了青苔，孤儿寡母的家。

　　所以到了早晨，母亲上学前，外婆枕头下摸来摸去，两个角子，买一个米饭饼吃，是母亲一整天的指望。

　　可是角子给了卖米饭饼的老太婆，却没有米饭饼拿出来。

　　母亲在旁边站了好一会儿，肚子咕咕地叫。鼓起勇气问一句，最低的声音，我的米饭饼还没有给我。

　　卖米饭饼的老太婆叫起来，钱呢？你又没给钱！

　　母亲走开去，上学的时间到了，眼泪含在眼眶里。

　　母亲再也没有吃过一口米饭饼。

　　母亲的女儿倒爱极了米饭饼，每天上幼儿园的条件，就是一块米饭饼。

母亲要搭公交车去上班，七路车，去是一个钟头，回又是一个钟头，每天送完幼儿园都要迟到，迟到就没有全勤奖。奖金也不算什么，只是总被人嘲笑。

这个女儿总是发恶，要穿昨天的花裙子，要别前天的花手帕，样样满足她，还是赖在地上。母亲终于发怒，砸碎了父亲的玻璃烟缸。问她到底还要什么？女儿望着碎了一地的玻璃，最后再要一块米饭饼，当个台阶下。

女儿不去幼儿园。不合群的女孩，每天都孤独，唯一的朋友是另一个被确诊了的孤独症男孩。这个男孩有一天不见了，女儿鼓起勇气问一句，最低的声音，老师说他永远不会再回来，因为他不乖，就像每天不睡午觉打扰到其他小朋友的你。

不睡午觉的女儿被关在储藏室，直到母亲来接才被想起来，放出来。这个女儿再也没有睡过午觉，而且天大的黑都不能再叫她害怕了。

母亲不说话，幼儿园门口卖手作的小摊，给女儿买了一只绒布做的狮子。

你不吃肉，也不要藏在碗底。母亲说，藏到碗底下又有什么用呢？总会被发现。

女儿不说话。

这个幼儿园的饭已经是全城最好吃的了。母亲说，可是你什么都不吃。

炖鸡蛋让我呕，女儿说。

为什么？母亲说。

女儿不说话。

你知道这个世界上有很多小孩连一口饭都吃不上吗？母亲说。

炖鸡蛋让我呕，女儿说。

为什么？母亲说。

就像鸡蛋死了，烂成一滩，女儿说。

炖蛋鸡汤

妹妹不吃肉，大概是从五岁开始的，问她为什么？她说吃动物的肉很残忍。可是哥哥就很爱吃肉，无肉不欢。

妈妈有一些吃素的印度朋友，她们讲豆子里也有蛋白质，她们和她们的小孩都很强壮。于是妈妈给妹妹吃豆腐，妹妹只吃豆腐，也慢慢地长大了。

妈妈把妹妹带去中国，妈妈小时候的朋友们很高兴，因为这位妈妈总是不回家，她们都快要把她忘记了。其中一个朋友带她们去吃最好吃的本地菜。

这个菜馆是我的朋友带我去的。妈妈的朋友说，一般的人找不到。

这个朋友的朋友正帮忙开着朋友的车，微微一笑。妈妈没有说什么。非常好的车，连妈妈都不认得那是个什么车。

果真是弄堂底的一个菜馆，外头已经停了好几台好车，都是妈妈不认得的车。

妈妈朋友的朋友要到一个包间，外头几台车都要不到的。包间里面却很简陋，只有一张桌子。妈妈朋友的朋友推开门走出去，自己端了几碗元麦糊粥来，应该是非常相熟的菜馆。

妹妹起先拒绝，按照妈妈另外一个朋友的说法，妹妹对食物有与生俱来的洁癖，只吃比较可靠的食物。妈妈请求她试一口，她试了一口，没有表现出很强烈的反应，不厌恶，也不喜欢。

至于那些白切猪肝和糖醋排骨，她可以当做没有看见。

上来了一盆炖蛋和一窝鸡汤。妈妈朋友的朋友站起了身，给妈妈的朋友盛了一碗炖蛋，然后浇了一勺鸡汤在上面。

妹妹就对妈妈说，你是不是很嫉妒你的朋友有这样的老公？你的老公就从来没有为你夹过一次菜。

妈妈朋友的朋友赶紧给妹妹也盛了一碗炖蛋，又给妈妈也盛了一碗，浇上一勺鸡汤。

妈妈对妹妹说，亲爱的他们并不是老公和老婆，他们都有自己的老公和老婆，所以他们只是朋友。

于是妹妹对妈妈朋友的朋友说，谢谢叔叔，这是我吃过的最好吃的炖蛋。

妈妈的朋友突然哭了。

酱油拌饭

我第一次见到酱油拌饭是在柏拉阿图城的一间日本餐馆，两个本科男生。落了座，一个男生要了一份加州卷，另一个男生只要一碗米饭。米饭端来，他把桌上的酱油滴了几滴在米饭里，搅拌均匀，一大勺放入口中，脸上的表情都是满足的。

快要二十年前的往事，那个时代还没有深夜食堂，日本版的韩国版的，我只记得黄油拌饭，一块黄油慢慢融化到热米饭里，那一分钟，都看得入神。

我写信告诉父母这件事情。去国离家，每天与父母通一次电子邮件，报平安，也是写日志，后来越来越忙，也就不写了。但是留下了二十万字的家信，我写了十万，父母写了十万。父母用的手写板，辨识度很差，一个字，往往要写好几遍。

我在信里说竟然在美国看到酱油拌饭，穷的吗？难道真有那么好吃？母亲回复邮件说，小时家贫，酱油拌饭都吃不上，放学回家，冷饭都没有一碗，只好做完功课去睡觉，后来上山下乡，十年插队，拌饭的只有咸菜。到了年关队长说要清洗酱缸，倒出所有酱料，里面一只大老鼠，已经浸到皮脱肉烂，和咸菜混在了一起。原来知青们的这一年，吃的都是老鼠咸菜。

我出国的时候安慰母亲，我不会苦的。母亲说洋插队也是插队。送别的机场，母亲红了眼睛。我到美国的第一个傍晚，自己剪了长发，穿上围裙，炒一盘豆角。炒了很久，豆角还是生的，我终于哭了。我从来没有告诉过她。

父亲另外复了一封信给我，说他小时候就是吃酱油拌饭。酱油拌饭很好吃啊，父亲还画了一个笑脸。父亲家里是有钱的，有钱人家的小儿子，也是看着脸色生活的，为了上学堂的钱，跟大哥低头。筷子若是高了若是快了，哥嫂的眼睛都会看过来，宁愿自己摸到厨房的角落，盛一碗饭，酱油拌了，站着吃，可以吃两大碗。正是长身高的年纪，还顾得上什么体面。我小时候父亲给我讲过一个体面老爷的笑话，一个很要体面的乡下老爷喜欢吃大麻糕，可是总有一些芝麻漏在桌缝里。芝麻很香，老爷很想吃，正好下人过来汇报个什么事情，老爷机智，一拍桌子，岂有此理！芝麻从桌缝里弹了出来，老爷吃到了芝麻。父亲讲完总要哈哈大笑，我总是不明白他笑什么。如今想到他年幼时站在厨房吃酱油拌饭，我也要哈哈大笑，都笑出了眼泪。

大麻糕

有人从家乡来，问我带什么给我才好。我不好意思说我要青果巷巷头上现炸的虾饼，我就说什么都不要。他们就说，大麻糕吧，好不好？

我的家乡能够拿得出手的吃的，只有大麻糕？

只有大麻糕。

大麻糕是什么？其实不是大麻的糕，只是芝麻和面粉做成的饼，甜的或者咸的，每天的早饭，配一碗浓茶，或者豆腐汤。

我很不喜欢大麻糕。大人们又总喜欢买来吃，于是很勉强地吃下一块椒盐小麻糕，皱着眉。其实还挺好吃的，我只是厌倦这样的生活，空心烧饼，为什么要每天每天吃，就不能吃点别的吗？

我也经常见到麻糕桶。我小的时候，做大麻糕的就都是外地人了。那些师傅站在麻糕桶的后面，饼坯蘸清水，一块一块贴入烧热的大桶里面，小火慢烘，三分钟就好，长铲刀起出麻糕，再飞快地贴进新的生饼坯。总有老奶奶一次买走一炉的大麻糕，于是站着等下一炉，也不过几分钟。可是站在旁边，都会觉得很厌倦。

我后来离开家，思念这个，思念那个，都没有思念过大麻糕。

搬到香港，父母来看我，带来了大麻糕。他们以为要和美国一样，烤苹果派送给邻居们。可是香港和哪儿都不一样。住在日本的朋友搬新家，要买礼物送给一条街的邻居。礼物都不用很贵重啊，但是要花心思包装，装进礼物袋，一家一家去送。我说日本人的那一套很奇怪啊，一条咸菜都包得精美，有多假就有多假。我的朋友笑笑说，邻居奶奶家的橘子树长得真好啊，树枝伸过墙头，果子掉在了我家的院子里。我让小朋友们把橘子捡到篮子里，送回给邻居奶奶。邻居奶奶笑呵呵地说，掉在谁家院子里的果子，就是送给谁家的礼物呀。

我很嫉妒她的邻居有一棵橘子树。我住在香港，我没有院子，我住的楼，邻居们从来不笑。

我不能跟父亲说，不要送，在香港不要送。我也不能阻止父亲总是会跟的士司机说谢谢。我也会说谢谢，给多小费，有时候，我只是从来不笑。

大麻糕装在精致的盒子里，送给香港邻居。邻居说谢谢，内心肯定是惊诧的。那一盒千里迢迢的大麻糕，有没有被好好地吃掉？邻居没有告诉我。大家还是不笑，有时候点个头，一句话都没有。

父母后来来看我，再也没有带过大麻糕，豆渣饼都没有带过一包。

越南粉

邻桌的老伯把生牛肉片翻到碗底，静候三分钟，如同深夜食堂里的黄油拌饭。

我要的是扎肉，不用等，白白地浮在汤面上。

这碗香港的越栈河粉，仍然叫我想起加州。我第一次吃越南粉，在加州。一周买一次菜，有时候搭火车去到下一个站，那儿有一个中国店。中国店的旁边就是越南米粉店。

搭火车买不了什么，一把葱，一颗白菜。不喜欢这样的生活，又要过下去。回不了头。

一碗生牛肉金边粉，许多芽菜，多到超出想象。一枝九层塔，一枝不是一片，大半个青橙，不要也得要。于是我记忆里的越南粉，像美国，丰富，热情，不管不顾。

牛肉片必须薄，要不再滚的汤也不能让它熟。用了猛劲的汤，仍然不好吃。汤不好吃，粉也不好吃，仍然要去吃。又没有别的可以吃。

生牛肉沉到碗底，九层塔捞走，青橙汁一点点。桌上有辣椒鱼露，从来不用。已经不好吃了的越南粉，好像已经坏掉了的爱情，还能更坏吗？

等三分钟，肉熟了吗？还是老了？有人告诉我爱不爱都要多等两天，有时候隔了夜就没了爱，有时候要确定一下这次能多久，有时候不是爱，原来不是爱。

很穷的时候，黄油拌饭真好吃啊。很缺爱的时候，寂寞也当作爱。

越南粉好像过桥米线啊。我好多年没有吃到云南米线了，有一年我去了两次云南，会不会是因为过桥米线？云南的早饭总是米线，好吃到哭的米线，什么都有，五颜六色，还有真的菊花的花瓣。

小时候住的小城，有一天搬来一家云南米线店，唯一的一家，在最繁华的一条街，一对老夫妇和一个很帅的儿子。这个儿子喜欢文艺，很快和城里的文艺青年打成一片，乐队的，电台的，街上晃来晃去的男女青年。我太小了他们都不带我，十四五岁，要是十八九岁就好了，我又不能再早出生几年。我只能看着他们，多想跟他们一样。他们去米线店吃米线，我也去，但得跟着我妈。有时候能够遇到他们，他们嘻嘻哈哈，我只是一个眼巴巴的小姑娘。

他们说他和一个电台姐姐谈恋爱，我也真的在米线店见过那个姐姐。后来米线店家的儿子和米线店都不见了，后来电台姐姐去了电视台做女主播。我跟她提起米线店，主播姐姐迷茫，什么米线店？什么时候有过米线店？

我在下班的路上发现了一间米线店，店主是一对更老的老夫妇。我总觉得就是他们，应该是他们，不过换了一个地方，那个再也没有见过的儿子，肯定去了更大的城市，肯定的。我要了一碗过桥米线，所有摆成花的材料一起落入汤底。应该有一个顺序的，可是没有人告诉我那个顺序，从左到右，还是从右到左，如果菜和米线迟早会在一起，为什么不是一开始就在一起？就像谭仔米线。谭仔米线在香港一直都是要排队的，很挤的空间，很多的眼睛，如果放菜，还放米线，等那三分钟，就会像做戏。很多人又不喜欢烫，很多人没有时间，海皇粥店都推出了温轻粥，香港人连等一碗生滚粥变凉的时间都没有。

有的小姑娘爱上年长的男子，他们的经验消磨了她们，被提前消费了的姑娘，被老爱情教坏了的姑娘。我们长成老少女，肯定是因为在真正少女的时候没有真正地恋爱过，和一个真正年轻的男人。也许很多时候，我们就是需要等那三分钟。

洋葱炒蛋

去垦丁的路上有很多卖洋葱和莲雾的小摊，垦丁山风吹过的洋葱，会特别甜。我停下来买了莲雾，深紫色的莲雾。他们说只有垦丁的莲雾才会是这样的颜色。莲雾很爽口，但不是我喜欢的滋味。我没有买洋葱，但我一直在想，很甜的洋葱，会是什么样的？

回到香港以后，我看到阳台上有一颗洋葱，就做了一盘洋葱炒蛋。这是我离开美国以后，第一次做洋葱炒蛋，我离开美国，也差不多有十年了。他们都说诡异，洋葱，炒鸡蛋。我一个人吃那盘菜，我突然觉得，洋葱真的是甜的。

住在美国的那些年，我天天都吃洋葱炒蛋，因为我也不会做别的菜。但我从来不觉得洋葱会是甜的，在离开家之前，我连洋葱炒蛋都不会。我的家乡，就是那个他们说炒个小青菜都要放糖的地方。我很讨厌有点甜的菜，我一直想要离开家乡，永远不要再吃甜的菜。我年轻的时候就是这样的。

我吃了各种各样的菜，全世界的菜，可是总有欠缺，我不知道哪里出了问题。有个中国同学说，洋葱可以炒蛋，我就做了洋葱炒蛋。

我一直记得第一口的滋味。我不记得先放洋葱还是先放蛋，我不记得洋葱要不要切成碎片。我做这道菜的时候总会有眼泪，因为是洋葱。

我没能学会一道家乡的菜就离开了家乡。如今年长，知觉都退化，可是依稀记起来家乡的菜，红烧的鱼尾糟扣的肉，网油卷还有大麻糕。

父母有时候来探我，仍做那些浓油赤酱热闹响亮的家乡的菜。我不大吃，母亲便以为我在美国吃了苦，性情变了，口味也偏了。她听说我为了一盘夫妻肺片开三个钟头的车去隔壁州的中国城，她听说我开了三个钟头横跨了两个州还是没能吃到夫妻肺片，她以为我喜欢辣，她试着做一些很辣的菜。可是我其实是不喜欢辣的，我已经对所有的食物没有欲望。我不知道我什么时候从这种消沉里挣脱出来，也许很久，也许以后都是这样了。

父母不大喜欢美国也不大喜欢香港。他们探望过我，我很好，他们就回家了。我生活得还好，可是不能陪伴在年老父母的身边，我又是他们唯一的孩子。我会打电话，从网上买东西寄给他们。他们会说谢谢，不要牵挂。可是我总会夜半醒来，为自己的离开迷茫。我会想，有多少人是像我这样的不孝顺又无能为力呢，而且我的一半人生都这么浪费掉了。有一些瞬间，我会想念母亲做的菜，夏天的丝瓜炒蛋、冬瓜海带汤，冬天的雪菜冬笋，塞了肉炸的豆渣饼。我分不清楚我是想念那些菜，想念父母，还是想念我的家乡。

红烧肉放不放大蒜，豆腐能不能烧菠菜，什么大不了的事情？我吃了那么多洋葱炒蛋，那一丝甜的滋味，隔了这么多年，才尝到。在去垦丁的路上，我才知道，洋葱是甜的。

中国饺子

在我快要离开加州的时候，我邀请我的邻居们来我家吃中国饺子。

我去中国店买了饺子皮，它们的颜色很黄，我怀疑它们是玉米做的。然后我买了各种各样的青菜，所有的青菜看起来都一样，也许我把芥兰也买了。总之，各种各样的青菜，我把它们放入一口大锅水煮，然后捞出来切碎。在我切它们的时候，阿拉伯邻居按响了门铃。她觉得切青菜很好笑，执意亲自尝试，而且这是她第一次看到中国菜刀，她说酷。在她切青菜的时候，我腾出手来切鸡胸肉。

生鸡肉切到一半，我打电话给我妈，我说我们家的馅确实都是熟的吗？我妈肯定地说是。我妈说有一次我正包着馄饨，你就这么走过来，拎起一只生馄饨吃了，要是馅是生的你吃得下去吗？我放下电话，想起那只生馄饨的滋味。我为什么要生吃一只馄饨呢？我倒是看过一个电影，犯了罪要潜逃的男子，跑去见母亲最后一面。母亲正在包饺子，儿子拎起一只生饺子塞进嘴里，不说话，只是咀嚼。母亲笑了，进厨房下饺子。儿子望着母亲的背，一滴眼泪流下来，他只好夺门而去，他还在咀嚼那只饺子。

我妈不包饺子，我妈包馄饨，我生吃那只馄饨是想知道那颗眼泪怎样落下来。馅是熟的，面皮是生的，那半生熟的馄饨的滋味也真的足够我记住一辈子。

韩国邻居代替了阿拉伯邻居，显然她是见过中国菜刀的，只是她的方法是一手握刀柄，一手按刀背，以跷跷板的方式切青菜。她俩唯一相同的地方就是切起青菜来一点声音都没有。

我把鸡肉和青菜倒入一口玻璃缸，开始搅拌。我从网上打印了一些做饺子的资料，我按照那些资料加入了酱油和一只生鸡蛋。搅拌的同时我扫了一眼电视，一个穿着牛仔裤的厨师正在用一个大针筒把调味汁注射进一只鸡里。

然后呢？我开始发愁，她们都在等待着我的饺子。

我从厨房的窗子往外面看去，就看到了一个香港人，她正要去网球场。最后她帮助我把馅都弄进皮里去了，她还说饺子下锅以后要推一推。

饺子终于上桌了。

阿拉伯邻居用刀挑开面皮，又起一团馅放进嘴里，发自内心地称赞，中国饺子，酷。我望着她，心里想，早知道你要把皮和馅分开来吃，我就不用包了。

三丝鱼卷

每到过年，就会有好多人送来好多鱼。就好像香港人过年要买裤一样，裤是富的意头，鱼也是余的意头。

我母亲很为那些鱼犯愁，因为太多了。青鱼和鲢鱼，每一条都在十斤以上。江南冬天，水龙头里冰冷的水像刀子一样流出来，空气里都是小刀子，手伸出去就是伤。要把那些鱼都剖洗处理，有时候要做到晚上，到了晚上，又有人送来了新的鱼。那个时候是不可以收钱的，过年的时候可以收鱼，不能不收。那些鱼开膛破肚，一排一排挂在厨房，竹签顶住身体的两侧，凝固了的血，便不觉得是血，冷血的生物，也不觉得它们是生物。我走来走去，当看不见，我也不吃鱼。

鱼被送去炸，做成爆鱼，打成鱼浆，做成鲜鱼圆，然而还是有很多，往往要吃到过完年。

每年都是母亲亲手准备年夜饭。三口之家，不是需要很多菜，然而总是许多菜。汤和甜品，热菜和冷菜，每一碟冷菜上面都要放香菜，不只是装饰。父亲爱吃，卷起来，蘸加了糖的镇江香醋，也是习惯，所以我长大以后总也不习惯香港人的红醋，我也总是接受不了酱油做蘸料。

爆鱼配白酒，就没有那么浓郁了，羊糕和肴肉，糖醋小排，如意菜。总要有如意菜，黄豆芽的形状是一把如意，所以是如意菜。离开家快要二十年，都不会忘记。可是忘记了是几时学会饮酒的，独生女儿，陪着父亲喝杯好酒，是幸福。

所有的年菜中我最喜欢炒素和豆渣饼塞肉，都是外婆的菜，传到母亲手里，应该在我手里失传了。还有甜饭，白到透明的圆糯米，自己洗的红豆做馅，金丝蜜枣和莲子心做底的八宝甜饭，每一个年都是甜的。

酒喝了一杯，母亲会去厨房炒盘热菜，鲜笋鱼肚、清炒虾仁、红烧甩水。总有一道三丝鱼卷，青鱼皮卷了鲜笋丝火腿丝和香菇丝蒸，最费工夫。我从来不吃，我不吃鱼。我有一个朋友说过我家的三丝鱼卷是她吃过的全世界最好吃的东西，她说你有多幸福啊你都不知道。我的这个朋友父亲早逝，有一个弟弟，家庭的负担很重，终于找到条件还不错的丈夫，待她也还好。有一天她跟我讲，如果时光可以倒流，如果神再给她一次选择，她会要回她的父亲。

我在美国找一盘唐人街的夫妻肺片，横跨了两个州的时候，突然理解了我的幸福。我想那一道我从来没有吃过的母亲做的三丝鱼卷，肯定是全世界最好吃的东西。毫无疑问的。

汤圆店

不是元宵节，为什么要吃汤圆呢？

所以有人带我去吃汤圆，我觉得很不自在，但我还是去了，因为我很喜欢那个人。十七八岁的时候，只要和喜欢的人在一起，什么都可以。

一间小小的汤圆店，只卖汤圆，一个沉默的老奶奶，板着脸，都不笑的。芝麻汤圆和鲜肉汤圆，没有第三种馅，也有小圆子、可可和白糖。

我要了白糖圆子，并不觉得十分好吃，只是煮熟了的圆子，浇上白糖水。家里也做圆子，酒酿桂花圆子，酒酿和糖蜜桂花都是自己做的。我大概知道做酒酿的工序，浸过一夜的圆糯米，蒸熟，拌入酒药，然后等待。顶要紧的是干净，温度和时间。糖蜜桂花也是，自己采摘的鲜桂花，一层花，一层糖，压得密实，玻璃的罐子可以清楚地看到那些层次。

我在想他为什么要带我来这间汤圆店，他是一个主播，他们都说他长相太好。你们一定是会分手的，我的朋友都这么说。

我看着他，他在吃一只鲜肉汤圆，好像挺开心。我也见过他因为要赶去读夜校，冰箱里的冷饭浇上番茄炒鸡蛋，吃得又快又香。

后来我们分手，再没有人带我去吃汤圆，我独自去了一次汤圆店，要了可可小圆子，不过是白糖圆子，多加一勺可可粉。

小小的汤圆店，很快就不见了。一个地方总有一个地方的习惯，不是元宵节，为什么要吃汤圆呢？这个地方的人都是这么想的。

我后来在香港，才知道汤圆还有花生馅的、莲蓉馅的、红豆沙馅的，可是我一直都不喜欢那些味道。香港人真的好爱吃汤圆，冬至吃汤圆，元宵节当然也吃汤圆，糖水店里也常年卖着姜汁汤圆，糖不甩，没有馅的水磨糯米粉大丸子，蘸了花生碎吃。旅途中认识的一对情侣，有一年来到香港，想不到请他们吃什么呀，坐在满记，要了糖不甩。那个姑娘连连地说，太有趣了，太有趣了。他们回去以后结了婚，生了一个宝宝，圣诞节的时候寄来家庭照卡片，我就想起了他们，一个觉得糖不甩都很有趣的姑娘，他们的生活，肯定也会是很有趣的吧。

后来我想，我年轻的时候，那家小小的汤圆店，那些小圆子，其实也是挺好吃的。

泡 饭

母亲做了咸菜毛豆，因为是住在香港，所以特别珍贵。我也不知道她是怎么找到的食材，我在香港只买得到生菜和通菜，通菜和生菜，至于毛豆子，它们也和住在美国时一样，一包一包，冻在雪柜里，硬梆梆的。

因为带回了母亲做的咸菜毛豆，而且冰箱里还有昨天晚饭时剩的一勺米饭，我就做了一碗泡饭，不是粥，是泡饭。

白水烧开，放入隔夜米饭，三分钟，就好了。配咸菜毛豆，一边吃一边笑。我已经有二十年没有吃过泡饭了。我小时候很恨吃泡饭，每天早晨每天早晨都要吃，配龙须菜配宝塔菜配玫瑰腐乳就不能吃点别的吗？我只要离开家，去远方，更远的远方，永远不要吃泡饭。

我小时候的朋友后来找了一个北方的老公，这个老公只吃面食并且鄙夷南方。南方人很做作啊，南方人很矫情啊，南方人做菜居然都是甜的，米饭根本就没有营养你为什么还要吃？吃米饭会胖你不应该吃，米饭是甜点啊怎么可能是主食。这个朋友说我对我父母所有的愧疚，就是找了一个根本不喜欢我的丈夫。这个朋友后来信神并且决意改变自己，她不吃米饭了她也不再联络我，我再也找不到她，我想一定是神带走了她。

这个早晨，我给自己做了一碗泡饭，热腾腾的泡饭，北方人眼里不可思议的泡饭，一边吃，一边笑。为什么要哭呢？我还可以给自己做一碗泡饭，真的就是童年的滋味，真的好好吃啊。

豆 腐

瞿秋白说的，中国的豆腐也是很好吃的东西，世界第一。

我不知道瞿秋白讲的好吃的豆腐是什么豆腐。瞿秋白生在常州市青果巷八桂堂，水瓶星座，十七岁离开家乡，三十六岁死在福建长汀。所以常州的豆腐和长汀的豆腐，瞿秋白都应该是吃过的。

我从来没有去过长汀，所以不知道长汀的豆腐到底有多好吃。去过的人说长汀豆腐是煎酿的做法，肉碎镶入豆腐，小火慢煎。福建菜好像很多都要剁的，把剁碎的什么再装入什么然后油煎。新搬到香港的时候，因为邻居总在半夜发出咚咚咚的巨响而报过警，直到一年以后，见多了街头的煎酿三宝，才醒悟过来那声音不是斩人而是做饭。

所以我理解的长汀豆腐，就是剁，加上油煎。如果你要说那是不对的，你们江苏菜就只是加糖加糖加很多糖吗？我觉得好像也没有错，无锡的小笼包都是甜的。但是常州人做豆腐，是拌的。

我也许什么都不会做，但是拌豆腐，我是从小就会了的。

嫩豆腐划三刀，我的做法，你也可以划五刀或者不划，生皮蛋切碎，与香菜碎一起摆上豆腐，淋上香油及酱油，就好了。简单吗？只是，不是香葱必须是香菜，不是麻油必须是生豆油，不是山水牌盒装嫩豆腐必须是常州豆腐。

我再也没有做过拌豆腐，因为我也没有常州豆腐，我离开家乡已经快要二十年了。

我小时候的家附近就是一个豆腐厂，我记忆中的豆腐厂，总是昏黄的灯，天还没有亮的时候，豆腐厂就有了工人。我去上学的时候，看得到一板一板豆腐装上车运走，那些豆腐都是热腾腾的，用布包着。那些白色的热气总让我恍惚又让我悲伤，我也不知道是为什么。

瞿秋白十七岁离开家肯定是因为太穷了，如果穷到母亲只能吞火柴头自杀。我外婆家也是太穷了，穷到只能带着我的母亲离开了青果巷。然后我的母亲在很多年以后才回去那条巷子，巷口新开的楼盘买一个房，那个房窗子的方向，就是旧家。

我想的是，如果我离开了，我应该不会再回去吧。水瓶座最爱自由，可以为了自由去死。所以水瓶座的瞿秋白，死的时候一定是自由的。

锅　贴

　　清真寺旁边有一个小店，只卖锅贴和牛杂汤。我很小的时候就在他家吃下午点心，放学以后，周末，有空就弯过去吃。我觉得他家的锅贴是世界上最好吃的锅贴。有一次还和妈妈在锅贴店门口碰到了同班同学，妈妈也请同学吃了好吃的锅贴。妈妈对待我的同学和朋友都好像是对待我一样，有同学来找我玩都会留饭。大概是因为妈妈做的饭太好吃了，饭点来找我的同学和朋友变得越来越多。我的外婆也是这样，外公去世以后，家里很穷，可要是哪一天做了大馄饨，外婆都是会端给邻居们的。妈妈讲是因为我们家的人鼻孔生得大，鼻孔很大，人就会很大方。

　　后来我开始写作，出版了一些书，有一个邻市的姐姐很喜欢我的书，设法找到了我，和我成为朋友。邻市姐姐有失眠的问题，睡前总要一瓶黄酒配两颗安眠药，然后打很长时间的长途电话给我，直到说了晚安才能够睡去，每天都是这样。我很难过，我知道失眠很痛苦，我又不能为她做点什么。

　　邻市姐姐带了她的小孩来找我，妈妈做了好多好吃的菜。邻市姐姐说了很多谢谢，我也请他们去锅贴店吃我最喜欢的锅贴。小朋友也很喜欢锅贴，吃了很多很多，邻市姐姐就有点不好意思，说她其实是管小孩的，不许他吃太多。我说为什么不许呢，好不容易碰到喜欢吃的东西。但是我确定了锅贴真的是非常好吃的，不止我一个人喜欢，大家都喜欢。

　　后来我中止了写作，离开家乡。直到有一年回家过年，想起那个姐姐，给她打了一个电话。她接了电话，没有欣喜，却说，有的人真的很奇怪呐，都已经混得好惨了还敢装腔作势地来找我。我以为我听错了，我说你说什么？她以为她讲的是双关语，于是我没有懂，她就又说了一遍，有的人真的很奇怪呐，都已经混得好惨了还敢装腔作势地来找我。我说了晚安，挂了电话。原来对于有的人来说，不写作的我，真的是一钱不值了呢。

　　我并没有因为失去朋友和尊重就又写作，我回去美国，继续我的生活。我也许不知道未来是什么，但是我坚定地知道，比写作更重要的是生活。即使后来我又回来写作了，重新拥有一个工作的圈和一些一起工作的朋友，但是我会一直一直地记得有人说的，你可以忙这忙那，你可以有这个圈那个圈，但是你要知道，有一个最重要的圈，叫做家。

　　我很少回家乡，但是只要我回家，我肯定会去吃锅贴。真的是过了很久，清真寺都没有了，那家锅贴店已经搬去别处，巷子的深处，我找到它，用家乡话，叫二两牛肉锅贴，配上一碗加多香菜碎的牛杂汤，还是跟我年轻时候的味道一模一样呢。

棒 冰

真热啊，如果爸爸妈妈在家，一定会给我买一支棒冰的，就会往常那样。可是爸爸妈妈不在家，可是真的好热啊。

卖冰棒的又停在门外，一直一直地敲，棒冰！棒冰！

如果爸爸妈妈在家，会给我买一支奶油的棒冰，一支赤豆的，给妈妈，一支芝麻的，给爸爸。如果爸爸妈妈在家，就会从手提包里拿出钱来，去买棒冰。

这么想着，就从妈妈的手提包里拿出钱，去买棒冰了。爸爸一支，妈妈一支，我一支。

捧着三支棒冰回家，高兴地吃了自己的棒冰。等着等着，爸爸妈妈还不回家，棒冰都化了。

化掉的棒冰被放入水池，赤小豆棒冰，芝麻棒冰，颜色很深的糖水，凝在水池口。突然有点害怕。

爸爸妈妈回家了，不敢告诉他们棒冰的事情，头一次自己买东西，而且没有经过大人的同意，不敢发出来一点点声音。妈妈晚上发现钱不见了，那是三张十块钱，很多很多钱，好像是妈妈一个月的工资。

卖棒冰的大人收了三张钱，给了小孩三支棒冰，就骑着自行车跑了。自行车的后架上是棒冰箱子，棒冰都用毛巾包起来。一个小木棍，敲着小木箱，棒冰！棒冰！卖棒冰的大人踢掉撑脚，自行车骑得飞快，棒冰箱子都没有来得及合上。

爸爸说，要打手心。妈妈说，不要打，要教会她认钱。爸爸说，要打，要不记不得。妈妈说，女儿不能打。爸爸说，要打，打一下，就记得牢。妈妈说，好吧。眼眶里充满眼泪，蹲下身，对住女儿说，记住，以后不可以拿大人的钱，永远都不可以，这次拿了，要打手心。女儿点头。

那一下真疼啊！疼得眼泪一下子就涌出来了。手心红了，过了一会儿，还肿了，肿得连吃晚饭的筷子都握不住了。妈妈一直在擦眼泪，女儿却把眼泪咽回去了。第一次也是唯一的一次打手心，我记得，而且记得很牢很牢。

味噌汤

米安教会了我做味噌汤。米安也是中国人，住在日本很久，很会做日式的饭菜。

所以《小花的味噌汤》里四岁的小花把豆腐放在掌心用小刀切，我都会觉得很亲切，因为米安也是这么教我的。所以我做味噌汤的时候，也是把豆腐握在手心的。轻轻的，刀锋怎么会伤到手呢？做味噌汤的豆腐都是很嫩很嫩的。

米安管味噌叫做米索，应该是日文的发音。米安说韩国店都会有卖，一盒一盒，像咖啡冰淇淋。

挖出来的味噌浸在滚水里，用筛子一点一点研磨，我说反正都是煮在汤里，一整勺放进去不就好了？米安抿着嘴笑笑，放入昆布，豆腐握在掌心，切成细小的方块。

为什么要放在手心切？我问米安。

就是这样的啊，米安答。松开手，豆腐落入汤底。

最主要是这个，米安说。橱柜里拿出小小的一个瓶，上面写着味之素。我后来再也没有找到那种画着鱼和海洋的小瓶子，有的瓶子很相像，可是上面写着别的字。

最后是香葱和柴鱼片。已经刨好的鱼片，我不好意思让米安再现场刨给我看一下，那个刨鱼干的木盒子，成为我心目中永远的神秘盒。我也曾经给韩国的朋友带去大白菜，希望她腌制泡菜给我看，可是她说她已经不会在家里做泡菜了，她家每天用的泡菜都是去韩国店买，而且到了美国，她家也不是天天吃泡菜了。

手心里握过的温暖的豆腐，用筛子研过的味噌汤，果然细致了很多。但我都是要隔了好多年才知道，味噌汤和味噌汤都会有很大的不同。搬到香港以后，到处都是日料店，可是没有一家店的味噌汤，能够做得出来米安的味道。

米安说的，你要学会做饭，即使只是一道汤，吃得好了，整个生活就会好了。

蛋 糕

熙珍一出现就引起了所有人的注意，因为她的口红太红，就是那种红得像鲜血一样的颜色，于是她的脸上除了那张嘴外再也没有其他了。我望着那片红离我越来越近，最后停留在了我的对面。我们正在喝一模一样的水，一种难喝死了的苏打水。但它是这个烧烤会上唯一不会使人发胖的饮料，所有的亚洲女人都在喝它。后来我再也受不了了，我找到了一个垃圾桶扔那瓶水，垃圾桶里面已经堆满了被扔掉的苏打水。现在只有熙珍了，她还举着那瓶水。

当烧烤会的烟雾开始弥漫整个树林，我们远离了所有的烤炉。我们都一样，熙珍和我，我们害怕令人发胖的一切，这里的空气都会让你发胖，即使你戒掉了食物和水，你仍然在发胖，除非你不呼吸。

可是如果你去了烧烤会却不能像其他人那样围绕在烤炉旁边，你就实在太作了。我给自己的盘子装饰了一些蓬松的玉米片，它们使我的盘子看起来很满。可是熙珍连盘子都不要，她揪住了一个正在玩滑板的小孩，亲切地问，你叫什么名字？小孩不说话，抱着滑板飞快地跑掉了。我想也许是因为熙珍的口红太红，她吓坏他了。

后来巧克力蛋糕出现的时候，我再也不能忍受下去了。

很多时候我就是这么作，我在卡罗家说过蛋糕是世界上最坏的东西吗？因为他们不由分说切给我一块最大的大蛋糕，之前我已经吃了两个面包卷一堆生菜叶子还有一盘意大利面条。在我咽下最后一口面条的时候，那块巨大的蛋糕就出现在了我的面前，涂抹了厚厚奶油和糖霜的大蛋糕，比任何别人的都要大。是的是的，那天是我的生日，我怎么可以拒绝自己的生日蛋糕呢。然后，他们给我端来了一杯香草冰淇淋，在我极为勉强地完成了那杯冰淇淋以后，他们又塞给我一杯加了奶和糖的咖啡。总之，我就是从那一天开始发下重誓不再吃一口蛋糕的。

可是现在，我遇到了一个多么好看的巧克力蛋糕啊。

我就对我自己说如果熙珍吃一块我也吃一块。我问熙珍，你想要一片蛋糕吗？我很乐意为你去取一片来。熙珍坚决地摇头，不，不要，我决不要甜食。

我尽量使自己看起来不那么沮丧，我们开始说点别的什么，直到我确信她已经彻底忘了蛋糕，我又试图重提那块蛋糕，熙珍再一次拒绝我。她站在我的对面，看都不看一眼桌子上的蛋糕，她看起来是那么坚强，我就再也不好意思提蛋糕了。

我开始等待她离开，我就可以自由自在地为自己取一块蛋糕。她终于离开了，她什么都没吃，就离开了。

后来我们通过几次电话，我们都很客气，我说我的派对一定会邀请你。其实我不可能有我的派对，我乐意参加各种各样的派对，可是我厌恶组织自己的派对。而熙珍说她很想看一看我写的书，如果我愿意的话。虽然她的心里一定在说，天啊，她写的稀奇古怪的中国书。总之，我们在电话里所说的一切都是假话。

后来我又去烧烤会了，硬梆梆的牛肉饼还有黄芥末，美国人的烧烤会，一百年都没有变化。我看到了熙珍的丈夫，他正站在一堆人中间谈笑风生，他的手里是一个五颜六色的汉堡。我小心翼翼地绕过他，找到一个角落给熙珍打电话。我说这儿有个烧烤会，你来吗？熙珍在电话那头犹豫。我说熙珍你要为丈夫准备晚饭？熙珍说不用，丈夫很忙，没有时间回家吃饭。他很忙很忙，一天到晚在办公室里忙。熙珍说，他也不喜欢烧烤会那种场合，嗯，我也不去了，我要打扫房间。

我想起来，我第一次看到她的时候，她和她的丈夫开一辆闪闪发光的韩国车。旁边的人说，韩国人只买韩国的车。我捧着我的蛋糕，望着他们远去的车，心里想，多么好的巧克力蛋糕啊，我终于吃到了。

你和谁一起吃饭

一个在柏林上学的同学写信问我，加州是不是有著名的加州牛肉面馆？我答复他说我会去找一找，但是有的可能性不大。就像美国中餐馆的幸运饼干，美国有，中国却没有。我刚买了一桶幸运饼干，用来看每日运程，那些纸条上都写着名人名言，还有一些空的，一个字都没有。

加州的名菜，我也没有吃过，不知道说什么好。渔人码头有敲螃蟹和炸虾子，装在面包碗里的奶油浓汤，不知道算不算名菜。我认为的名菜，只是中国城的广东早茶。但是要把饮茶念成仰茶，多少让我不自在。

除了中国菜，最好吃的亚洲菜其实是泰国菜，也许是因为他们的咖喱最温和。至于印度菜，我真的不想试第二次了。越南菜在美国似乎就是火车座的牛肉粉，薄片肉加豆芽加绿酸橙加滚汤，像过桥米线，想用它治我的发烧，可是没有成功。

我没有去过中东餐馆，他们说摩洛哥餐馆的重点在肚皮舞而不在菜。幸好我有一个阿拉伯朋友，她让我品尝到了家庭式的阿拉伯菜，肉和蔬菜和奶油和通心粉全部放在一起烤，令人震撼的味道。奶油通心粉肯定不是阿拉伯菜的全部，可是我的这位朋友好像只吃这些，就好像我的一个印度邻居只吃豆子一样。我曾经担忧她的健康，实际上她的力气比我大多了。

法国菜没有意大利菜好吃。喜欢小饭馆，穿球鞋也能走进去的小饭馆，柏拉阿图城的 Pasta，墙上画着地图，粗块面包，放在大筐里。用布包面包的是那帕的意大利餐馆，他们有暗香浮动的洗手间、星光大道的 exIncendo、长颈瓶里冰冷的橄榄油。小饭馆也有好看的盘子，好看的刀叉、水晶杯。和我一起吃饭的人，都是我爱的人。

到美国的第一餐在中国餐馆，库佩提诺的醉香居。如果你还不习惯不要乘以八，那里的每一盘菜就会很珍贵，付帐单的是林和太太，我要记得。第二餐还是在中国餐馆，加州大街对面的鸭子阁。每一个城市都有一条加州大街，就如同每一个中国城市总有一条叫做南京路的路。我不再听加州旅馆了，每一条加州大街上都会有一间加州旅馆，它们不在沙漠中，而且也不是那么可爱。加州大街对面的鸭子阁，一起吃饭的小奇不吃任何两只脚的东西，一起吃饭的吕贝卡不吃任何有脸的东西，于是我们没有什么可吃的了，我们吃了很多没有脸也没有脚的蔬菜。

后来吕贝卡带我去巨蟹庄饮茶，所有的女人都把肉类扒拉出来，并且拒绝已经上桌的甜品。我就和吕贝卡一起吃光了所有的甜品。

小奇在中午吃墨西哥卷，总与玉米有关的墨西哥菜，彩色的玉米薄片，牛油果酱，西红柿酱，软的脆的玉米面饼，糊烂的米和豆子，没有脚的肉，卷起来吃，一定要用两根手根，剩余的手指用来防止另一头漏馅。

墨西哥卷像土笋冻，有人很爱，一天不吃就想得发狂，有人吃了会恶心，我一定是第二种。亚利桑那州沙漠里的塔可钟，买他家的塔可就有可能抽到电影《古墓丽影》送出的机票。为了可能的机票我要了一个牛肉馅的塔可，柔软极了的玉米皮，只一口就饱得想吐。揭开对奖卡，我的运气就是那么好，我又中了一个塔可，还是牛肉馅的。

此后的多年，我再也没有迈进塔可钟一步，我去过赛百味吃三明治，我去过圆桌吃双倍起司披萨，我再也没有选择过墨西哥卷。所以我和小奇，到底连一起吃饭的朋友都做不成了。

我和苏在柏拉阿图的日本餐馆吃日本菜。我们的旁边是高中生，要一碗白米饭，倒入桌上的酱油，拌一拌，吃得高兴，我羡慕他的高兴。我和苏，坐在离回转寿司很远的远处，她吃素，而且吃得很少。她已经很瘦了，她几乎不吃什么，她说她开那么大的车是因为孩子们还有要买的菜太多。我再也没有见过苏，她的脸我也不大记得了，我只记得她的那盒天妇罗里，有胡萝卜有红薯还有茄子。

我和老刘一起喝过咖啡。老刘在杜克大学十年，没有喝过一杯星巴克的咖啡。他说你们这些小孩真时髦。他忘了我们一起在三亚的时候，我吃了一根有蓝色花纹的起司。我问他是什么？这么奇怪。他惊讶的脸，他说这是古岗左拉呀。他忘记了，我的第一个关于起司的单词，是他教的。

美国菜，就像美国，移民的、短暂的、世界的。我找不出经典的美国菜，他们说汉堡薯条配可乐就是美国菜的代表，我觉得这样的说法对美国人不公平，你能说福建餐馆的外卖盒饭就能代表中国菜吗？尽管美国人看中国菜也就是宫保虾、甜酸牛、左宗鸡、炒饭炒面、炒面炒饭。

我理解的美国菜，其实是土豆，我对土豆的情感很特殊。我经常吃的美国饭，配菜一定不是生芹菜或者白煮西兰花，我选择土豆，土豆泥、土豆条、土豆、烤土豆、炸土豆、土豆夹起司、土豆夹鸡蛋沙拉。我是不是说过世界就是一个土豆？土豆熟了，世界也熟了。

除了土豆，我什么都不记得了。我记得节假日才吃得到的，万圣节的苹果派或者南瓜派，感恩节的火鸡，木头一样的火鸡肉配上红色浆果的酱，圣诞节的姜饼，小孩们总在睡前问玛丽阿姨要的姜汁饼干，复活节的黄色棉花糖，像春天的小鸡。

离家的美国小孩总会记得藏在后院草丛里的巧克力彩蛋，家人一起搭的姜饼屋；离家的中国小孩也不会忘记端午的粽子重阳的糕，元宵的汤圆，夏至的荠菜馄饨。

我不知道那个去柏林上学的同学为什么要问我加州有没有牛肉面，还有加利福尼亚芳香鸡，我去过了加州的很多地方都没有看到那两间店。墨西哥人说的，塔可钟是美国人的骗局，美国人大概也可以说，加州牛肉面是骗中国人的，整个加州，只有中国餐馆才有牛肉面。

我正在看电视，电视里在卖烤箱。推销员用铁夹夹住一只鸡，和它夹在一起的还有柠檬片和罗勒叶。夹好后的鸡被放进烤箱自动翻滚，鸡开始变得金光闪闪。我就在那只翻滚的鸡中想美国人的经典食物到底是什么，想到现在还没有想出来。

爱喝酒

我喝了酒会笑。

所以我不大喝酒。这个世界，一点儿也不好笑。

我倒是羡慕那些喝醉了就睡着的人，我也羡慕喝大了就可以打人的人。我太想打人了，要是能够借一口酒。可是我喝不醉，要想笑一次，也太难了。

周围都是跟你绕来绕去的人，绕到天亮你都不知道他到底想说什么。酒桌上才直接，我干了，你随意。酒桌上的话拿到生活里说多好。可惜只能是酒桌上的话。

我从不把酒敬来敬去，又不是结婚，又不是毕业礼，我又没有出新书，所以我往往没有这个机会，我干了，你随意。听得倒挺多，笑到昏过去。

凯丽的新书出版，出版社为她安排了巴士广告。四个姑娘带了一支香槟去车站庆祝，大家都穿着裙子穿着红色高跟鞋。纽约的冬天很冷呢大家都不觉得冷，好不容易的新书，好高兴。等了几辆巴士终于等到，有人在作者的脸旁边画了一支迪克。香槟都开了，还是水晶杯，凯丽不高兴了，姑娘们都不高兴了。有什么不高兴的，香槟又没有罪。要是我，仰着头，饮下那一杯。

我去年开了一支气泡酒，我说我能够出我的小说集我才开香槟，我是一个写小说的，我知道我是写小说的，我出不了我的小说集。可惜我美国的女朋友都留在了美国，我在香港只有七年，七年建立不了一场友谊。跟我同时回到香港生活的姑娘带来了写着字的蛋糕，我们喝了气泡酒，吃了蛋糕，她卡拉了一首《至少还有你》送给我。

肯定有人喝酒上瘾，就像喝止咳水上瘾。我好像对什么都不上瘾，我只是好奇。我去云南的时候他们告诉我，二锅头配雪碧，难以置信的滋味。于是趁着十号台风天买到一壶进口二锅头，配一罐雪碧。第一口的滋味，不就是二锅头吗？加多点雪碧，不就是雪碧吗？加多点二锅头，不就是二锅头吗？加多点雪碧，雪碧没有了，二锅头就是二锅头。

你为什么总要加点什么呢？黄酒加姜丝，黄酒还加话梅。酒品也是人品，你太花俏。夏天和小时候的一个姑娘喝酒，运河旁边，半支威士忌，不加冰。姑娘喝了酒，花生米一颗一颗扔到我的头上。停，我说。她继续扔，一边扔一边笑，我的头上和衣服上全是花生米，还是炸过的，酒鬼花生。停，我又说。她说做回一个上蹿下跳的你真是太可悲了。我说你就没跳？她就哭了，一边哭一边说没有人爱你。

我终于笑了。我干了，我自嗨。你喝不喝你嗨不嗨我不知道哎，我干了这杯，转去下一桌。

记 友

蜜 蜜

月亮是什么味道的？

甜甜的好多眼泪。

搬到香港以后，我还是没有写作。

我有时候找找我十多年前认识的陶然老师，饮个茶，讲讲十多年前的话。

香港，我也只认得他了。

第三年，我终于去了一下香港作联的春节联欢晚会，第一次也是唯一的一次。坐在我旁边的是一位开朗爱笑的女士，那个晚上有很多人，很多人跟我说话，可是我一句都不记得了，我也谁都不记得了。我只记得她带我绕过了六张别人的桌子，找到了另一桌的周蜜蜜。我请周蜜蜜为我签了一个名，签在她的名片上。我好像还说了我喜欢你。那个嘈杂混乱其实有点糟糕的夜晚，我说我喜欢你。

不要笑，实际上我从来不问任何人要签名，有很多人来香港，莫言王蒙白先勇，我陪我的女朋友们去看他们。她们买了好多好多书，她们围绕着他们，我远远地笑，为她们拍合照。我不问任何谁要签名，即使有一次最帅的余华来了，可是我没有他的书也没有一支笔。我说老师可不可以签在我的手背上，他都要笑得昏过去了。所以，我还是没有任何谁的签名。

我有周蜜蜜的签名，我就是喜欢她。她从她的那一桌站起来，转过身看着我，我都要哭了。我从来没有见过那样温柔又和气的表情，好像月亮一样。有人在微博上问月亮是什么味道的？我说甜甜的好多眼泪。

后来我很喜欢拍她，每次见她都拍好多她。她总是说她不漂亮，叫我不要拍，可是我眼里的她，真的好漂亮。

我也不是经常见她，我也不经常见陶然，香港这么小，我们都见不到。

开朗又爱笑的女士是当时《香港作家》的副主编周萱，她辞职前向香港作联推荐了我。于是 2012 年到 2013 年，我做了一年《香港作家》的副总编辑，总编辑是周蜜蜜。

那一年，我过了最多次的海，去了最多次的港岛。之前的三年，我最远只去到九龙塘。我住在全香港最美日落海滩的乌溪沙，我不看夕阳也不爱人，我还是一个字都没有写。

《香港作家》是双月刊，于是我每隔两个月去一下北角看大样，从《香港文学》的编辑潘生那里拿了样稿，坐在潘生的椅子上面校对。陶然也在那儿，如果他在，我会坐到他的对面，说一会儿话。我看不到陶然的脸，因为他桌上的书太多，把他都遮住了。很多时候他不在，潘生也不在，我在前台拿了样，坐到楼下的日本馆子，点一份早餐，开始校样。早餐牌换成了午餐牌，大家还没有开始在餐馆前面排队，我就离开了那间日本馆子。我把样稿带回家，第二天早晨再把看好的大样送回北角。

出刊的那些天，我和周蜜蜜用电子邮件联络，每天早晨，五六点钟，每一期《香港作家》，都会是几百封电子邮件。一个太勤奋的每天早起的主编，和一个不读书也不写作，只是每天不睡觉的副主编，来来往往的电子邮件。

有的文章我很不喜欢，非常不喜欢，我甚至被那些文章气哭了。我跟她说我真的哭了，我说再叫我看那样的字我就只好死了。我讲了好多遍好多遍，她说哎。她只能说哎，她只能做我的甜甜的好多眼泪的月亮。

作联在柴湾，印厂在荃湾，2013 年尾《香港作家》出纪念特刊的时候我才去过一次。我只是不高兴，很不高兴。

坐在荔枝角公园的长椅上，我们的面前是跳来跳去的小孩。 她说她想请辞《香港作家》，事情太多，总也忙不过来。我说我也辞了。她说不要啊，你要继续下去。你也一直不写字，真是太可惜了，她说。好多小孩跑来跑去，阳光碎成一块一块。我拼命仰着头，眼泪才不会流下来。

后来每一次见她，告别的时候，她总会说，你要写呀。

我知道她一直在写，写作这么艰辛的事情，她一直在写，而且是给孩子们写。

所有为孩子们写作的作家都太伟大了。

我以前写作的时候，写过一些小时候的故事，我小时候的故事，那些故事也发表在《少年文艺》或者《儿童文学》。我甚至写过一个大人童话《中国娃娃》，是我最后出版的一本书，也是十四年之前了。我自己知道，都不是给孩子们看的故事，我小时候的故事，就是我小时候的故事。

只有心里面装了很多很多爱的人，才写得出来给孩子们看的故事。

我不喜欢小孩，所有的小孩，所以我写不出来。

所以我喜欢为孩子们写作的她。

她也真的一直像个孩子一样，甜蜜又柔软的心，对谁都很好，每一个人。

有一次送什么书过去给她，约在她家附近的一家茶楼。已经是第五年，我还是不会一句广东话我还是不会吃广东点心，我仍然搞不清楚香片和水仙有什么差别。她问我爱吃什么，我答不上来。她站起来端来一碟点心，又站起来端来另一碟点心。她说试试这个，也试试那个，都很好吃的。

她也总送我漂亮的东西，发夹、挂坠，闪闪发光的。她说女孩都喜欢亮晶晶的小东西。我已经中年，却是她眼里永远的年轻人。

《香港文学》三十年的会上，看到她和北岛站在一起，拍了一张他们的合影，晚上调了色发给她。她说了很多感谢，很多开心。其实那个晚上，我最开心，我们一起蹭了北岛的车过海回家，他们说的全是神奇又传奇的人和事情。我一直在发抖，北岛是我的男神，坐在男神的旁边，当然会发抖。我不知道她的男神是谁，她一定没有她的男神，她已经是所有人的女神。

最近一次见面，是她年幼时候的好友回国，搬来我家对面的屋苑，她们一堆童年朋友聚会。她从她们的小派对里溜出来了一小会儿找我。那个屋苑和我家屋苑的中间，是一个天桥。她穿了裙子，总是裙子，有花朵的平底鞋，美得惊人。她走过那条天桥，停住的瞬间，好像全世界的人都在看她，就是那么美丽。

后来送她回去，她的朋友们走出来接她，优雅的女士们，珍珠项链和流苏的长围巾，看着她很开心地走入她们中间。她没有忘记回头跟我说，你要写，不要再浪费你自己。

她的生活，她的朋友们，就应该是那样，很美好。一切都太好了。

第二天我们美国的朋友陈谦过来香港，她又过来了一下。我们坐在钢琴室里聊天，断断续续的钢琴的声音，我拍了她们的腿，还有鞋子。

已经是第六年，我在香港的第六年，我终于开始写点字。碎的，小小的字。

我小时候听过一个故事，这个故事很打动我，永远都不会忘掉。我长大以后的故事，都不再好玩也不再打动我了。写给孩子们的故事，就是这么重要。

住在山里的老奶奶听到了轻轻的敲门声。哎，门缝里伸进来一双冰冰凉的小手，两片小树叶，一个怯怯的声音，请卖给我合适的手套吧。老奶奶给冰冰凉的小手戴上了小小的毛线手套。哎，是小狐狸的手呀，老奶奶在心里面想，真的好冷呢，山里面的小狐狸都来买手套了呢。

陶　然

刚刚到香港的时候，我只有陶然。

我打电话给他，约他饮茶。北角的茶楼，我还不知道香港人都是要先用滚水洗碗洗杯的。我说一定要洗的吗？他说一定，这些碗碟都不是你看到的那么干净的。

有两位老师的话我总是特别用心地听的，一是何锐老师，尽管很多时候我加了倍地用了心听，我也没有听懂；还有就是陶然老师了，陶然老师的普通话绝对不是香港的腔调的。后来我才知道他是印尼华侨，但是可以这么说，在我还没有认识周蜜蜜老师和蔡溢怀老师之前，陶然老师的普通话，一定是所有的香港老师中间最好的了。

刚刚到香港的时候，我还会把菜放进碟子里，我还会问服务生要一杯冰水，我会一直等待幸运饼干，我常常有错觉，以为我还在美国。

我在美国的十年，好像也只与香港有点联系。我离开的最后一个小说，《香港文学》发了，我回来的第一个小说，也是《香港文学》发了。我到底还有《香港文学》。

《香港文学》三十年的会，我带了一台相机去拍他，他在那个晚上特别帅。我也喜欢那样的会，全都是很酷的写字的人。尽管我们没有三十年，我与他只有十七年，其中十年又是见不到的，我在美国，一个字都没有写。

可是我想得起来和他的第一面，《厦门文学》的会，在厦门。我去那个会好像是因为我在他们那儿发了小说《朝西边走去》，十七八年前的事情。如果是今天，题目肯定会被改成《西边》吧？我不知道。很多事情我都忘记了，好像还有朱文和舒婷，我都忘记了，可是我和陶然就这么认识了，还有还有，鼓浪屿的青菜真的很好吃。

隔了这么多年，我也没有忘记我在厦门听过的那个故事。相爱却错过的男女，约定一年只见一面，已经十年，直到这一个第十年，女人突然半夜发烧。同屋出去找药，门外碰见男人，话还没有讲完，男人就在走廊里奔跑起来，四十岁的中年男子，竟然慌张到跌了一跤。同屋望着他冲出去买了药，又冲回来。同屋说要出去走一走，出门回头的最后一眼，女人的额头上白色的湿毛巾，男人的手心细长的血迹，当是跌倒时的擦伤，他顾不得，他的眼睛只望住她。第二天傍晚，同屋要搭长途车去广州，男人送她去车站。等车的时候，男人给二十岁的小年轻同屋买了一个冰淇淋，然后讲了这一个故事，相见就已经错过，一年只见一次，这个会或者那个会的机会，只愿一面，就满心欢喜。同屋听完了故事，吃完了冰淇淋，上了要过夜的长途汽车，同屋是去广州跟男朋友分手的，一年异地恋，到了尽头。

我给陶然讲了那个厦门故事，他说是吗？实际上只要见到他，我就会给他讲各种各样的故事，很多是真的，也有很多是假的，他只是听着，完全都不笑的。实际上我们总也见不到，我们只是通邮件，我用电子邮件祝他生日快乐。

很多人觉得我不看书，新书都不用送给我，陶然总会送给我，签上最工整的名字。我有他十七年前的书，也有他今年的书，在他那里，这就是一件互相敬重的事情。尽管世界都变了，很多人写谄媚的字，很多人混来混去，他都当看不到，他写他自己的字，写作到了他那里，重新变回一件干净的事。

我请辞《香港作家》的时候给每个人发了邮件，《香港文学》的编辑潘生还会回给我一句，哎，你又怎么啦？我没有等到陶然的回复，他一句话都没有。我给他讲好笑的故事，他不说话；我告诉他有的文章太坏了，我看了想死，他也不说话；我说我要和谁打一架，我不一定输的，我现在很凶，他都不说话，他也不笑，他皱着眉，略带生气地看着我。

他也不像蜜蜜老师那样叮嘱我不要丢了写作，很多时候我们坐在一起饮茶，就是一句话都没有。他一定是这么想的，我是怎么样都会回来写的，早一天，或者晚一天，无论他说话还是不说话。

很多事情当然会被忘记，事情太多，记忆也在变化，可是我会一直记得那个城大的会。我赶到了会场，灯都没有空调也没有的会场，他坐在那里，一个人。我走过去，坐在他的旁边，暗淡的房间，一个只有我们两个人的会。

当然，后来我们还是找到了对的被临时更换的会场。可是我们为什么要去这个会那个会呢？各种各样奇怪的会。我只是会想起来，我们曾经一起坐过一个一个人都没有的会场，好像全香港只有我在他的旁边，凝固了的时间。但是我就是这么觉得，那真是太棒了。

赳 赳

我忘了是我先去北京还是胡赳赳先来香港了，好多年前的事情，我又没有写日记的习惯。

但是香港的那次我是记得太清楚了。冰逸在唐人的个展，胡赳赳说有北岛，我就去了。那是我第一次去上环，北岛还是我的男神。

我穿着牛仔裤和球鞋，找荷里活道找了一个钟头。走进唐人的那个瞬间，我还很茫，所有的人都太懂艺术了。除了我，我站在一个纪录片作品前面，看了十分钟完全不动的长江水，直到胡赳赳找到我。

胡赳赳好像给我解释了冰逸的每一个作品，诗人和一半花朵一半精灵的爱人，如今我只记得冯唐的喜怒哀伤，还有摆在船头的摄像机，滔滔江水，从重庆到南京。

冰逸之前，我们在深圳还见过，或者冰逸之后，那是我十年来第一次见人，而且是见一个比我还小的人。我们好像说了很多话，其实那是我状态最差的一年，我从没有那么茫过，我在生活和写作中间晃荡，找不到平衡的点。那些话我也都忘了，但是我记得那间空空荡荡的寿司店，胡赳赳选择的角落里的背后要有墙的座位。

然后我就去北京了，或者胡赳赳又来深圳。我们肯定一起去了谁的家，去的路上我肯定质问了他有没有去过东莞，那个谁肯定喝大了，可是喝大了他也肯定没有弄丢他的包包。还有还有，日料店的屏风肯定倒了下来，砸到了谁的头。深圳的大房子，胡赳赳去了厨房，找到了最好的那支红酒，每个人都喝到了好酒。回去的路上，月亮太圆了，我反复地问他，我怎么办呢我该怎么办才好呢？他说没事的没事的，回家吧。

然后我就去了次北京。2008 年，只有胡赳赳和兴安和我说话，兴安说的，控制叙述，你太挥霍了。胡赳赳说的，你需要对美好的坚定的信念。

他带我去了 798，可是我一点兴趣都没有，在他录一个访问的时候，我溜了出去。外面是水泥地，很多树，摇曳多姿的树叶，我看树叶看到他的访问做完，再带我离开那儿。

第二天我又去了 798，我买了一张肯尼亚小孩画的树给张小跳做生日礼物。只有一棵树的儿童画，树干是棕色的，树叶是绿色的，很多树干，很少树叶。木林森计划，所有卖画的钱都用来恢复肯尼亚的森林。徐冰说了很多话，我只记得这一句，画的树变成了真的树，小孩们就会意识到，创作就能为社会做点什么。

一直以来，所有的画展我都是不去的，所有的画我也都是看不懂的。我初中时候的美术代课老师说的，同学，你画的全是平的。我问我的同桌他是什么意思？同桌说老师的意思是你是个完全不会透视的小孩，你看到的一切是平的，你画的一切就是平的。我说我怎么会透视呢？我是 X 光机吗？

我的同桌后来专业绘画，甚至倾尽所有去中央美院学习。在成为一个很美好的家庭主妇之后，绘画成为了她更为美好的爱好。上个星期因为我决意回来写作，她与我断绝了关系。她说做回一个上蹿下跳的你真是太可悲了。

然后我的一个还留在加州的女朋友给我看了她的老师 Marc Trujillo 的一幅画，Costco 的一个转角。这个女朋友是生物化学学士数学硕士，又决意回去学艺术。她说她生出来的那一天就知道自己是要学艺术的。我就哭了。我当然也是生出来的那一天就知道自己是要写作的。可是我哭不是因为这些那些出生时候的理想，我只是为了那一个转角。

我几乎忘记了的美国的瞬间，厌烦，疲惫的周末，巨大的手推车，无边无际的食物和未来，不快乐的过去了的但是永远不会遗忘的时光。

6 月，我为了我的随笔书《请把我留在这时光里》去北京。真的是隔了七年，七年才去一次的北京，这一次是云南菜和干锅，还有巫昂，让我想起来七年前的烤鱼和张小跳。我们肯定一起去了一个地方，窗口肯定可以看到最亮的桥，再也没有人喝大，忘掉自己的包包。我肯定拍了好多张阿丁的画，巫昂的画，竖着的，横着的。胡赳赳肯定给潘采夫煮了一包方便面，还有酒，每个人也都喝到了好酒。回去的路上，月亮还是很圆，兆龙饭店老到再也不会让我害怕了。

我睁着眼睛等天亮，天还没有亮我就去了机场。集市一样的机场，没有空气也没有网，我想的全是我再也不去北京了再也不去了。飞机快要到香港，窗外是海面与岛屿，我头一回觉得香港才是我的家。这种感觉太吓人了太没有办法了。

唐 棣

我也忘了我是怎么认识唐棣的。

所以廖老师问我的时候，我眼睛望着天想了一会儿。廖老师说网上认识的吧？后来他俩坐在一块儿的时候，我就突然问廖老师，你俩是怎么认识的？廖老师眼睛望着天在想，我就说，网上认识的吧。

这个世界就是这样，太好玩了。

我只记得我认得唐棣的时候，他是一个写小说的。如果不是写小说的，我为什么要认得他呢？我认得所有写小说的。后来才知道他拍短片，不过我一个都没有看过。

我们用短信聊天，我是说那种，按住说话，跟对讲机一样。

他的声音总是少年的、急促的，跟我年轻的时候一样，喘不过气的那种。

说的话也和我年轻的时候一样，无边无际的，跳来跳去的。我一度怀疑过他和我一样，有专注力失衡的问题，也就是注意力缺失障碍，就是多动症。我真的很讨厌这些装模作样的词语，就好像我有一个朋友，明明就是爱缺失，他们管他叫作示爱言语障碍症。

后来我发现他写长篇小说，一个能够写长篇小说的人就不会是多动症，他应该拥有全世界最专注的专注力。

就让我一个人留在我的多动症好了。我一直偏好于写超短篇的小说，我也很擅长极短的叙述方式，我没有回避我在长篇小说上的无能和无力，诚实地说，写长篇会杀了我。

唐棣是一个思维跳跃又写长篇的年轻人。

我就是很喜欢和跳来跳去想事情的人说话，就好像跟我自己说话一样。要找到跟你一个节奏的人，真是太不容易了。

写到这儿，我发给唐棣看了一下。我说你要是不高兴我就不写了。

他说他高兴。

好吧。我第一眼看到他，他就是很高兴的样子。他带着他的电影《满洲里来的人》过来香港参加电影节，我真是太吃惊了。一切都太突然了。他的狮子一样的热情和专心足够他把他的事情都做得太快太好了。

我去太空馆看了他的《满洲里来的人》。

实际上我从来不去香港电影节，任何电影展，任何艺术展，任何书展，任何书店，大众书局，商务印书馆，旺角的二楼店，即使我已经站在铜锣湾的苹果店，我都不会往上一层，去到诚品。

已经是我住在香港的第七年，我跟香港以及文学艺术一点关系都没有。

这也是我第一次去到太空馆，最靠边的位置，前面是一对学生情侣。

整场电影的节奏，就是我们说话的节奏，奇怪的，停不下来。

除了，血的颜色太番茄，我都要吐了。

我只问了旁边的廖老师两个问题，第一个问题是为什么划成三级？男主角出场了三分钟以后，廖老师说你看，就这三分钟，已经三级了。

我的第二个问题是廖老师你睡着了没有？因为我前面的姑娘睡着了，她还把头枕到她男朋友的肩膀上。我只好把头拧到另一边的最边，我都快要落枕了。姑娘醒了以后，她的男朋友给她盖了一件衣服。是的是的，整场戏，我都在观察我前面的姑娘，还有坐我左边的老师，睡着了没有。

我脑子里想的是，温暖的尸体到底是不是尸体呢？

如果导演唐棣能够听得到我这样的观众脑子里想的，他会不会疯掉？他又不能选择他的观众。可是这样的全场爆满，要是我，就顾不得观众们在想什么了，大家都来看我的戏，我很高兴。还有掌声和有趣的问题，没有一个人提前走掉。一切都太好了。

等待下一个访问的间隙，我们在太空馆的外面站了一会儿，还有男主角。他还挺帅的。

电影节的工作人员安排他在这个间隙再接受另一个访问。唐棣站到了五米外，半岛酒店做背景，别人的摄影机对着他，他的很大的包放在他的脚下。我看了一眼他和他的包，他都没有带过来一个助理替他拎着他的包。可是他的腿那么长，摄影机应该也拍不到他脚旁边的包。这么想着，我就远远地，给他和他的包拍了一张照片。

然后我把脸转回来，对男主角说，你快被他折磨死了吧。

男主角穿了一件闪亮亮的皮外套，银的长项链。他小心地看了一眼不远处的唐棣，说，还好。

然后我们一起走去艺术中心的星巴克喝了一杯咖啡。我给唐棣和廖老师照了一张合影。温和的光，从我的角度看过去，他们的脸都很温和。他们也都是很温和的好人。

可是，他们的作品那么狠，血淋淋的。

我也曾经那么狠过，如果有人侮辱我的语言。我旁边的男主角，一句话都没有说。

我有一个小时候的朋友，就是那个说我拆解生活，用情绪支撑小说以至于人物都没有面目的朋友，那个说我内心荒凉，自己连微信头像都没有的家伙。

那一个晚上他突然发了一条朋友圈。回家的路上有风吹过，"这是满洲里来的风啊"。其实，我没有去过满洲里，也不知道风来自哪里？我只是突然觉得，这时候有满洲里的风真好。

苏

过去的十年，我只写了两篇书评，一篇是李修文的长篇小说《滴泪痣》，一篇是台湾作家谬西的《裸身十诫》。准确地说，我为谬西写的那些字并不能算是书评。2000 年，那个年代的书还不需要在封底印推荐人语，腰封上也没有当红名家的名字。

我读了谬西并且写了字是因为鲜网的苏，她是我在加州的第一个朋友。我仍然记得那个中午，少见的阴天的中午，我们约在柏拉阿图的一间日本馆子。苏的普通话没有什么台湾腔，她甚至也没有说多少关于鲜的话。我仍然记得我吃的是加州卷，苏要了素菜天妇罗，因为苏吃素。

那一段时间，我与所有的朋友都断了联系，所有的出版社和编辑，我偶尔写电子邮件给《雨花》的姜琍敏，他是发我第一个小说专辑的编辑。我写的零碎的字句，有时候寄给他，后来我完全不写了，与他也不再联系。我只留存了我在鲜网的会客室，我的隔壁是纪大伟。

2000 年，鲜网在中国大陆的推广刚刚开始，我们的客厅都很冷清。

再后来，我连我自己的网页也不去了。

苏找我写谬西，大概是因为她负责谬西那本书的推广，而我正好住在附近，她可以与我谈一谈。可是我连谬西是男是女都不知道，我也没有读过他或者她的文章。我坚持认为，要我写谁的书评，我必须先认识他，而且必须是认识了很久，就像我来写李修文一样。

所以我接下了谬西的书，但是极为勉强。我也想过我已经不再在中国了，我需要一个不一样的开始。

苏离开的时候，我看见她开一台巨大的车。苏很瘦，衬得那台车特别大。

我很快地读完了《裸身十诫》。谬西的语言方式是我陌生的，他其实写得很小心，通篇的绝望。我不知道我要怎么为他写书评，之前我写过一些读书的字，一句两句，因为有时候我也用那些别人的书检查我自己。我不是评论家，我并不需要分析他写作时的状态，找出他结构上的问题。我对他也没有什么感情。所以我像往常那样，写了一句两句，我在那个瞬间的感受。写得太多，就会有差错。

我看到了各种各样的男人和各种各样的女人。身体里面扎着一根玫瑰刺的男人，从完美圈套里发现自己并没有真正存在过的男人，有爱却怀疑爱的女人，爱着热的他又爱着冷的他的女人，没有心的女人，偷盗名分的女人。我看不清楚他们的纠缠，可是他们真实地存在着，就像谬西自己说的，他可以冷眼看这个真实的世界，记录下来。像他那样平静又冷淡，他的故事却碰伤了你的心。

因为字太少，看起来的确像敷衍，我一直觉得对不起苏。苏倒一直安慰我，说挺好。苏后来大概回台湾了，或者转了行，我再也没有见过她。

那个阴天的中午，我们坐在一张长椅上，我们大概说了一些话，鲜网之外的话，加州的天空，结婚还有爱情，我记不大真切了。我只记得苏说，我来拍一张你的侧面吧。她从她的很大的包里掏出了一个相机，给我拍了一张照片。

修 文

也许所有读过《滴泪痣》的人都会认为，这个男人是很爱这个女人的，如果她死了，他就活不下去了。可是他还活着，而且幸福了。这令我困惑，因为世界实在是没有什么可留恋的，我形容过它冷酷。可是这对年轻男女的世界，它对他们，实在是太残忍了。他们生来被诅咒，死亡都不能平息他们与这个世界的互相仇恨。也许还不是恨，什么都与他们无关了，他们被遗弃了，连神都遗弃他们。女人所做的一切，聋了哑了，逃了死了，也许更多，不过是使这个男人和这个世界有了关系。女人的爱使男人和世界有了关系。

书里的女人经常说这三个字，我不配。很多女人说这三个字，有时候我也说一说。可是我只觉得，是他不配。也许他的确为她做了很多，可是实际上他什么都没干，他什么都干不了。他沉醉在爱里，脸上露出白痴的笑容。

其实，有什么配不配的呢？男人和女人，如果他们相爱，他们变成了一个人，没有什么配不配的了。不要再出现这个字了。我们都知道，他爱她，她更爱他，再也不会有一个女人会像她那么爱他了。

写到这里，我想我应该叙述一下《滴泪痣》这个故事，一个男人来到日本，爱上有泪痣的应召女郎，他们相爱又互相折磨，后来她死了。他问，上天还会让我们在来生里再见面吗？

也许这不是一个问题，这是他的希望，虽然这个希望并不可行，实现不了。男人们总用这样那样的念头安慰自己。即使女人死时凄惨，她一定不相信还有来生，还有前世，他却说，也许上天会让我们在来生里再见面。就那么一点希望。

爱情的真相就是这样，我一直都喜欢这样的故事，在困境中挣扎的男女，贫贱的生活。所以这个故事必须发生在日本，故事的主角必须是很年轻的男女，故事里必须出现温泉和樱花，还有死亡。

我想李修文写《滴泪痣》只是要告诉我们希望，微薄的爱的希望。当然还有青春，眼泪和血浸透了的青春。

尽管我更喜欢小说中的其他人物。杏奈去了印度，爱上会写诗的恐怖分子，深情又英俊的恐怖分子，他被杀了。阿不都西提是一个好看的处男，后来他死了，他只在电话里和女人做过爱，他有一匹马。筱常月用昆曲演唱蝴蝶夫人，她也死了。他们每一个都比主角有意思，他们都死了。

我最喜欢这一段。十二点过了以后，我去客厅里叫她进房睡觉，她在看我看过的那张报纸，听见我叫她。"说错了这位客官，"她一边将烟头扔进烟灰缸用力掐灭，一边说，"你应该这样说，你这个婊子还不滚过来睡觉。"

我知道多数人都会认为这些没什么特别的，就像李修文以前的那些小说，《心都碎了》那种。我不说什么了，都是我喜欢的句子。

我也不在乎别人会为他写什么，或者别人眼里的他会是什么样的。反正他在我这里是一个重要的朋友。不过他是那样的，谁都是他的朋友，一样的朋友。我觉得这样也很好，没有负担。

我在二十岁的时候认识李修文，他那时是《作家》的编辑，比我大一岁。

那是一个炎热夏天的下午，热到我什么都不想写。我父母在客厅看电视，我讨厌把时间浪费在电视上，我在自己的房间看王小波的《黄金时代》，好看极了，我忘记了夏天有多热。就在那个下午，我接到了李修文的第一个电话，关于我在《作家》的第一篇小说《吹灯做伴》。他的声音很好听，而且有礼貌。接完了电话，我就坐到客厅，陪我父母看了一下午的电视。

后来我们又通过一些电话，我主要是告诉他我因为年龄被轻视。我只告诉他是因为他比我大一岁，那时候我身边的人都比我大十岁，我不和大人们说话，他们都很奇怪。

他一般是说哦，然后等待我平静下来。所以我们的通话经常是两个人的沉默，我把话说完了就不说什么了，他抽着烟，一根又一根。直到现在，我都很感激他在我年轻的时候沉默的陪伴。

我后来制造了很多是非，我的名字里有太多口了，他们把我说来说去。没有人能够做点什么，也没有人愿意站在我的旁边。

我和他已经不大说话了，我不再说话，和所有的人都不说话。我离开的时候打了一个电话给他。

我把桌子都掀翻啦，他说。我就笑了。即使那不是真的，他听不下去了，为我掀了一次桌子，他是唯一那个还站在我旁边的人，即使那不是真的。

我们从没有见过面，我不知道他的长相，有人说他长得很高，那么他就是这个世界上最帅的高个子。

宝　光

宝光出新书，很为他高兴。上一本他的书，还是二三十年前，他的头发还很长，牙齿都还在，书名里还有玫瑰和歌。

这个人，要我来写，该是一部长篇小说。我写长篇始终不怎么行，所以，一直没有写。

而且要我来写他，等于也是写我自己。我一直不怎么想写我自己，一是岁数还不够，说起想当年总有点虚；二是要我想一想我的过去，还真是蛮痛苦的，这条写作的路实在艰难，人人都是一本苦难史。有人说我好命，撞到好时代，我百口莫辩。所以，冷暖自知吧。

我离开以后，再也没有写过什么字，算起来，已有十三年。十三年去国离乡，十三年不读不写，今天我还能够说说话，我对我自己还是满意的。

也许以后我会越说越通顺了，也许我说完宝光的这些话以后我就又不说了，谁知道以后的事情呢。

我决定先来说一说跟他的头一回见面，从短篇开始，落下第一个字，要不然，一个字都没有了。

我从初中三年级开始写诗，1991 年，我的旁边一个人都没有，我也看不到我的未来，于是高一暑假的时候我找到一份《翠苑》杂志社的暑假工。

坦白地说，我最想找的是《常州日报》的暑假工。我十六岁的时候是这么想的，报社就是一个理想国，里面的人全是王。暑假的第一天，我踩脚踏车去了大庙弄，门口的门卫连门都没有让我进去。我站在报社对门观望了好久，成年人进进出出，我看了一个上午。

到了下午，我就踩着脚踏车去了西新桥。《翠苑》杂志社在三楼，我在二楼半停了一下。残破的水泥楼梯，我慢慢地上了楼。一个门旁钉了编辑部字样金属板的房间，门关着，一个人都没有。

我下楼梯的时候遇到两个人，一个板寸，一个头发比我还长。板寸冷冷地打量我，长发说，你找谁？或者长发冷冷地打量我，板寸说，你找谁？

我觉得这两个人里面一定有一个是宝光，另外一个，可能是村人，也可能是沙漠子。都是往事了，记忆难免出错。

我倒是清楚地记得《翠苑》的老师跟我讲，不要同流氓混，毁了你自己。

《翠苑》的老师好多位，我不说这是哪一位了，他或者她确实为我好，年轻小姑娘，混沌，不当心就行错步路。你们也不要乱猜，伤感情。

我倒是偏要同他们混。

其实我自己是不能混的，家教严，吃过晚饭连家门都不能出，我还要上学。

所以我跟宝光，到底只吃过两次饭，一次在公园路的路边摊，还有周啸虎；一次是金锋家，好像还在清潭。我对金锋多少还有点怨气是因为他当面批评我的小说，后来我无数次地在我的小说中写他的老婆戴着圆框眼镜，胖胖地走来走去，作为回报。

我对周啸虎也有怨气是因为他喝了酒，把我当拐杖。我又不认识他。我只好同宝光抱怨，宝光笑着说周啸虎是好人，叫我放心。他的酒杯都没有放下来。

所以你也看得出来，宝光那个样子，在他那里，人人都是好人。

还有董文胜，我是另外认得他的，另外的故事，不长，短篇，我空了再来写。

我后来一直没再见到村人，直到有一年冬天回常州，到中吴网拿一个博客热情奖。我同他聊了非常简短的五分钟，那时他已患癌病，气色倒还好。我离开常州以后，很快就听到他去世了的消息。他的风波，他的故事，我是离了很远的人，所以尽管我很早就认识了他，可是我一个字都是写不出来的。

我后来又去了一趟杂志社，他们都在搬家，搬到西新桥的那一边。有一位老师请示了当时的领导石花雨，领导爽快地说好。老师说我们纯文学，钱不多。我说我不要钱，我来社会实践的。暑假结束，领导还是发给我两百元工资，领导说实在不好意思。我当时也有一些稿费，我也终于发表了我在《常州日报》的第一个作品，是我摄影课的功课，拍的红梅公园的灯展，编辑是刘克林。我时常把他同电视台的另一位编辑搞混，他们的脸简直一模一样。

1992 年，两百块，这个数额还是很高的，又是我的劳动所得，我很感激。

这一本《翠苑》杂志，要我来写，是另外一个长篇小说，我不写，因为老师们实际上待我不错，我对老师们也都还有感情。

这些老师，每一个散开来写，都是独立的中篇小说，但是他们肯定是不希望我写，小说基于生活又高于生活，有的时候，也败坏生活。

一个高中女生能干的事情有限，我被分配做清洁，打水，有时候也要卖杂志。我只卖出去三本《翠苑》杂志，我爸一本，我妈一本，我一本。

第二年暑假我还是回杂志社做暑假工，熟门熟路了。老师说升我职，助理编辑。我被派去采访客车厂，厂长没看出来我高二，还请我吃了工作餐。新闻稿写得我想死，但我觉得是锻炼。我后来在宣传部写报告，也是锻炼。

后来杂志社来了几个阿姨，拼命欺负我。我本来以为广告部的老师老是半夜三更带姑娘来杂志社，大清早我打完热水还得处理沙发上的斑点已经是我最烦恼的事情，可是这些阿姨一来，还有几个骑鲨鱼摩托车的有钱人，他们成为了新的烦恼。

我还是回忆得起来杂志社里夏日的好时光，老师们一高兴起来就喊，吃火锅啦。大家坐到万福桥的重庆小饭店，麻辣火锅好吃死了，阿姨也不欺负我了，因为我不吃猪脑，不同她抢。

那些坏的好的日子，宝光一次也没有来过。沙漠子有时候来，日报的李怀中偶尔也来。这些大人来来去去，说的都是大人的话，我全当看不见。我不知道宝光为什么不来，他不是来过的吗？后来他不来，这个要问他自己。

宝光的朋友们都不写他，半个常州都是他的朋友，这些朋友个个会写，文武双全，可是他们不写，他们同他又都是三十年四十年的。我同宝光算到底二十年，其中十九年是虚的，没一起吃饭也没一起喝酒，面都见不到。

2001年春天，我在美国收到一个陌生人的电子信，他说代宝光写信问我，美国的出版环境是不是会好一点？我问他叫什么名字，怎么有我信箱，宝光有事问我为什么不自己来问？他支支吾吾，言辞闪烁。我坚信他是骗子，不再复他信。

后来我知道宝光那时候在劳教。身体不自由，文字也不自由，一点出路都没有，托了人来找我，他以为我自由。其时我离了中国，写作反倒艰难，后来更是一个字都不写了。

隔了一年，我回国探亲，也去看看他。他仍住在西瀛里，有个纪录片导演跟着他，拍他。我看他的头发没了，牙齿也快掉光了，我开始怀疑他吸的兴许不是大麻。

纪录片导演要求我也站在弄堂口，让他拍几个镜头。我不乐意，又不好拒绝。纪录片导演讲好吧，就拍你的背影好了。后来我看到电影，他还拍了我的侧脸，不高兴的侧脸，配了乐，还配了一条火车。当然他是拿这些东西配宝光，把他拍成一个民间精神。

那一个傍晚，宝光慢慢地，慢慢地倒了下去，街沿积了水，宝光就倒进下水道里去了。纪录片导演说你倒是过来搭把手啊。我俩一起顶住他，把他板正，他又慢慢地，慢慢地立起来。

宝光的脸倒是一直笑嘻嘻的。

我思来想去他犯了什么罪，他们讲他混江湖。我认得的他，明明心怀慈悲，逼他斩人，他也只用刀背。

如果他的劳教就是为了吸了非法的什么，这个问题，我从来没有问过他，他也从来没有跟我讲过。我只知道我一个朋友的丈夫同他关在一起，我的朋友要坐长途汽车坐到底，再走路翻过两个山头给她的丈夫送烟。她讲他在里面有了香烟，他的日子就好过一点了。

宝光讲这个女人有情有义。

宝光出新书，朋友们都来了，管策写了书名，董文胜必定是要配图，金锋洪磊可能写推荐人语。金磊已经写了书评，他讲他混江湖不混文坛。文坛可不就是个江湖。

他的朋友们写他，我不看我也知道他们会写他的刀光剑影的江湖。

写到这里的时候，宝光上线，我把这半篇发给他。我问他写得对不对？他说怎么记就怎么写。

他讲的我们头一回见面，倒不是《翠苑》杂志社，是青果巷小饭店。

夏天，你穿着当时流行的豹纹西裤，背着书包，是一个姓马的朋友介绍的。你们的父亲是朋友，我送了一本诗集给你，你把它放进书包，说，要去学校上课了。那年，你十七岁？多美好。我后来带你去洪磊家玩，再后来，你告诉我在电台上班，你告诉我在《雨花》上发了小辑，你说请我吃韩国料理。我就在劳动路上等你下班，那是我第一次知道料理的吃法。还有，我的玫瑰诗稿也是你帮我打字的，在亚细亚影城，你把诗稿给我时还捎带一句，你的诗比你的人漂亮呵。

这些片断，我全部忘得精光。马生我还有点印象，他父亲确是我父亲的朋友，早早出来做生意，后来成为我一个朋友的姐夫，说是生意越做越大。我见他的时候已经肥头大耳，生意大了，肯定更瘦不下来了。豹纹西裤，我要反驳的，我这一辈子，最怕狗，最恨西裤，还豹纹。宝光当是记窜人了。至于去了洪磊家而不是金锋家，我今天听到也是吃了一惊。那么那个穿圆领短袖，走来走去，有点凶的老婆不是金锋的，是洪磊的？

这个事情要去问洪磊或者金锋才能够确定，可是这个问题对于这篇文章不是很重要，所以还是先放下吧。

亚细亚影城我记得分明，因为就在我家门口，我常在那儿约人见面。杂志社派我采访一位越剧名伶，我也约她在亚细亚影城。她见了我十分吃惊，肯定是因为我穿校服还背书包，但是她素养很好，坐在亚细亚影城的台阶上配合我做完采访。

上了年纪，仍然美成一幅画的女人，我再也没有见过第二个。

我从美国搬到香港的间隙，在常州住了几个月，我想租个房间写作。宝光朋友是二房东，把他们的仓库，其中一间阁楼的二楼转租给我。一楼是一个画画的小孩，跟我讲想跟金锋，将来像董文胜那样。冬天，他穿一双老棉鞋，单薄棉衣，冻得动来动去。房间有个气窗可以望见楼外面的桑树，一座水塔，我在地板中央放了一张课桌，一把椅子，每天挎着电脑来去。

楼前是个秋千架，后院放着一口棺材，不知道宝光从哪儿弄来的。后门我跟画画的小孩从来不开，到底是口棺材，没事不去开，秋千我也不坐，邻居家有条狗，没事我不出去招狗叫。

我还是一个字都没有写。离开十几年，不是开玩笑的，不能写了，就是不能写了。

倒是经常见到宝光，他同他的朋友们吃喝玩乐，看电影看到半夜。我有时候参加，多数时候不参加，不参加是因为我对他们来说到底是外面的人，他们讲的话我也听不懂，我坐在那里，横竖不自在。很多人也不欢迎我，大概是知道我写小说，怕我写他们。

但是这半年，是我认识宝光二十年以来，同他最熟络的半年。这半年发生很多事情，有人来了，有人走了，彼得潘都结婚了，我和宝光共同的好朋友车祸死了。

我写作一直不专心，又要回香港住，仓库也就不再去了。有一天仓库要被拆掉，宝光叫我写一篇纪念文章，到底我也在仓库呆过了一阵子。

我因为不能写作，文章到底没有写。我也挺不容易的。

仓 库

1/2 工作室

你拿笔的样子妩媚，你要重新开始画。我愿意分一半房间给你，你在左边，我在右边。我们都没有声音，直到花见姐姐带来银耳汤，我们要永远活在花还有糖水里。我有你们我就幸福了。

打 鸟

我喜欢这里，门前的草地。我忘记了带钥匙，我坐在这架秋千上，打一上午电话。

你却带着弹弓来这里。你不再握我的手，即使我的手冰凉。我拉不住你，我小时候就拉不住你。你弄落了桑叶，鸟都跑了。我已经足够恨你。

你已经中年，猪头一样的中年。你倒长小了，你玩玩具，遥控飞机，你是一个不知足又可恶的老小孩。

你找那样的老婆已经足够令我厌恶，你竟然还找得出让我更厌恶的厌恶。

早晨我走过来，阴天，树叶覆盖的水塔，潮湿的秋千。我想我还是喜欢这里，即使这样死了一样的孤单，即使我脚边的玫瑰雪白，即使后院还有棺材。我不害怕，十年前的人隔了十年仍然骗我，我不害怕。你打鸟的样子让我害怕。

你一定从来就是这样，只是我一直不能坚决地告诉自己，你就是这样，一直是这样。你还好意思说我以后年老，我躺在床上咽不下最后一口气的时候，我会想我现在做的事情是错的，我有遗憾。可是如果我有爱，什么都是对的。可是我的确错了，我不爱。我从小不爱，你是知道的。

你打鸟怎么都不是对的，我再也不要为你们的罪痛苦了。你看看你，做爱的时候都没有爱，你们都被毁坏了。这个世界到底公平，以后我都不管了，你们的罪你们的痛苦，我不管了。

咖啡披肩

我还在想要不要你们分摊我洗披肩的钱。咖啡是你端过来的，滚热又苦的咖啡。你是要我泼他的吧，可是我泼了我自己，全部都在我的披肩里。格林送给我的披肩，绣龙不绣凤，格林说我绝情而且内心强大。

我很爱这条披肩，即使后来我跟格林疏远，她老是不结婚老是不结婚，她不结婚我太难过了。

我是真的要你们在一起，我要你们相亲相爱。你说我不是导演，你要我不要导演别人的生活，你说我被毁坏了，你跟我翻脸。

你走路的时候为什么踢石子，你中年了，不可以再这样，你从左边走到右边，你还踢石子，你知道我有多讨厌走路踢石子。我洗披肩的钱应该你出。

现在我和我的咖啡披肩在一起，你和你在一起，你们面对着面，你是你的过去未来你是你的现在，你们给了我你们相爱的错觉。咖啡的味道那么浓烈。

坏 了

　　我故意的。我不爱你。爱这种东西，我天生没有。我说得太多张口就来，我的眼睛都不眨一下。我喝酒不醉，看电影不哭，我也不爱别人，我习惯了。你说我坏了不对，你说我不爱就对了。

　　我命盘招小人，人人都对不起我。你说我孤单也是不对的，我和我在一起，我消磨了我，我不孤单。

　　我到这世上来挥发我自己，我不吸收，你们的故事个个可笑不值一提，我讨厌你们的故事。我就写了讨厌讨厌和讨厌。我现在变得讨厌我自己。

　　你说我为了写把所有人都扯进来了。我就这么爱写你，我什么都写吗？你们的小破事儿，我介入你们的生活吗，我是写黄色小说的吗？

　　我都不看小说了，我没有时间。人人都没有时间，人人宁愿窝藏着自己听别人的心。你们只是不能够克制，你们什么都不能克制？倾诉又反悔，恼羞成怒。你们又想抽身，抽得了吗？你们说过的话做过的事。

　　你说我诱惑你了，我的身份诱惑你了。两把菜刀架你脖子上逼着你是强奸。你半推半就，还很舒服，是通奸。通奸你愤怒，愤怒什么呀。啊？

轻 微

　　他们说不好听。他们什么都不懂，我也写不了他们的小说，他们从来不说好话，他们把我的命盘看得乱七八糟，他们还说我们根本不喜欢你。好像我喜欢他们似的。你说男人和女人为什么要喜欢来喜欢去？你一定要去喜欢你的朋友们吗？

故 乡

　　我一直爱你，无论我到了哪里。我出生在这里，我的童年在这里，我是你的。即使你不要我，即使你伤害我。我离开你过更好的生活，可是离开了你，我怎么都不好了。

　　我吃饭扶筷头，我一定会背井离乡而且遥远。真的是这样。我消化不了我的悲伤，我离开了你。

　　我也回来看你。他们占据了你，他们和你一起生活却不说你的话，他们怎么能够像我爱你那么爱你。

　　我从不去迎新会这个迎新会我去了，有人跟我讲今年的新生有一个来自你的家乡。我去见他，他穿黑衣还有黑框眼镜，我伸出了手，对他说你好。我像爱你一样爱他，即使他长相丑陋，即使他的语言离开十万八千里。

　　来自我家乡的人，就是我的家人。

　　他冷淡的眼睛，他说我要离开一下，他奔去靠墙的长桌，那儿摆着春卷和烧卖，旧金山领事馆资助的上海粗炒面。你看你看，离开了你的人就是这样。他一定会留在美国，他要去做美国人了。

　　有人说故乡是你年幼时爱过你，对你有期许的人。

　　我想要老了再回到你这里。我不是真的老了，我只是想一想年老以后的事情。这世界上也再没有一个地方会像你那么宽容我了，爱过我，仍对我有期许。你是我的故乡。是这样。

糖

万圣节真热闹，美国人的热闹。我生了一堆美国孩子，我是美国人的妈，也不是我的热闹。可是我过万圣节，到了那一天，躲不过去，我拉不上窗帘，我也不关灯。如果小孩过来敲门，我就开门，给一颗糖。有人跟我抱怨她家的门把手上真被抹了生鸡蛋，我觉得她真小气，不就是糖？

现在我在中国了。中国的夜总会也过万圣节，大概是一群中老年喝了酒跳舞，他们只要跳舞，他们又不要糖。

我的第一个万圣节派对我是春丽，黑头发，短旗袍，我的左边是海绵宝宝我的右边是竖纹睡衣，我还有桃红的脸颊，我还会微笑。我们的派对总在露天里，花朵还有池塘，我们有酒也有乐队，如果你想喝一杯，你得拿出你的驾照。我喝了一杯没有酒精的酒可是喝醉了，改变了我整个人生的肖恩就这样进入了我的人生。

现在我在中国了。我找到了草地，有人弹吉他，有人献出烤炉，有人带来水烟壶，我会给你们买酒，你们都要喝醉，然后每个人吃一颗糖。

龙 头

闷 烧

在我用钥匙旋转门锁的时候，门自己开了，或者这么说，里面的人开了门。

我看到了一个女人，站在我的房子里面，穿着我的衣服，趿着我的拖鞋，打扮得跟我一模一样。

我闭上眼睛，摇晃了一下脑袋，睁开眼，她还站在那儿。

我说，你是谁？

她说，我是你。

我决定去大街上吹吹风，让我的幻觉彻底消失。虽然这并不是我的第一次幻觉，我曾经见过我的电脑和我说话，那次我也没给吓死，而且我喜欢上了幻觉。在幻境中我可以把自己缩小，小到像一粒米那样，然后躲在抽屉里，看巨大的餐桌，巨大的凳脚。我从没有把自己放大过，我不喜欢放大，我一直都认为，整个世界就是一个大土豆，地球是一个很奇怪的土豆。可是有更多比地球还奇怪的土豆，当我把一个土豆煮烂的时候，一个星球就消失了。一定也会有这么一天，地球被火和水毁灭，因为它被煮熟了。

幻境唯一的缺陷就是太短，但只要你愿意，你可以活在幻境中，永远都不用出来。

我的房子里出现了一个陌生女人，这只是我无数幻觉中的一种，但是很特别，因为她的脸，和我一模一样。

我最近的精神状况很不好，也许是因为我工作得太勤奋了。

我供职于一家写作公司，每个月上一天班。

我的公司每年都要与一批新秀签约，然后再把一批人老珠黄的职员踢出去。那些被踢出去的过期写作明星总是会偷偷跑回来，坐在他们曾经使用过的个人电脑前发呆，这个时候公司就得派出很多保安把他们请出去。

这些保安统统来自T星球，T星球从不销售我们公司的产品，因为T星球的人种统统不长眼睛，他们像吸血类动物那样靠听觉捕捉猎物。而且他们统统智商很低，因为他们智商很低，所以雇佣他们根本就不需要花钱，只需要给他们听音乐就够了，他们听着听着就会觉得饱，连食物都不需要。

当然唱片公司的保安统统来自T星球旁边的S星球，因为S星球的人种统统不长耳朵，他们扔起过气歌手来比我们的保安狠得多。我现在很怕路过唱片公司，就是因为S保安就喜欢趁着有车路过的时候把人扔出来，然后就是"啪"的一声，那个过气歌手就会在你的车轮底下碎成几千块，连脸都看不清楚。

然后就会有很多狗仔队队员突然从天而降，问你作何感想。如果你想跑掉，当然那是不可能的。他们会跟踪你，他们会埋伏在你家周围，翻你的垃圾，拍你的生活照，他们会在一朵花下面埋伏很久很久，下硫酸雨都不怕。他们一起呼吸的声音对我来说就像地震一样，我的第一只宠物老鼠就是这么被吓死的，从此以后我再也没有养过老鼠。

如果你露出很恨他们的表情，他们就会在第二天的《狗仔队早报》集体发公告，说他们受到了伤害。如果你敢用可乐泼他们，他们就会用最大号的字体杜撰一条"当红写作明星醉酒驾车碾碎过气歌手"的标题新闻。这件事情会闹得很大，直到那家唱片公司和我的公司一起站出来联合声明，让整个事件有悬念地暂告一段落。任何有悬念的新闻都可以拍续集，虽然很少有续集比第一集好看，但总比没有新闻好。

所以我现在步行上班，而且每个周末我都要请不同的狗仔队喝酒，拍他们马屁，让他们在下周的早报上多多提我的名。这些费用我们公司都给我报，所以我和我们公司的感情非常深。至于他们处理过期职员的方法，虽然过分了一些，却也没什么大错。我只知道我得拼命工作，并且不断制造新闻，才能延缓那一天的到来。

现在的写作明星和演艺明星确实已经没有什么分别了，我的写作公司今年年初就斥资做了一幅"将做秀进行到底"的灯箱广告，竖在我们大楼的顶部。每天深夜，这幅巨大的闪闪发光的灯箱广告就成为了整个城市的灯塔。

我喜欢坐在窗前写作，当我写得很厌倦的时候，就会抬起头来望一眼我们公司的灯塔，它使我写下去。

尽管 S 保安们总是一如既往地把过气歌手扔到马路上去，给他们的公司惹事，但其实他们比T保安更容易管理，只要给他们一人一本《文学》，他们就会很乖很乖地坐在地上阅读，什么地方也不去。他们像T保安一样，看着看着就会觉得饱，连食物都不需要。

所以我们公司和马路对面的唱片公司结为了兄弟友好单位，每个月两家公司都要举行酒会，互相交换唱片和书籍。这种时候我就得穿上公司的制服，去参加这个会。我必须和其他当红写作明星一样，佩戴艳红的标签。其实我很怕这种会，因为每当那些佩戴黄色标签的同事和我擦肩而过，我的身体就会被他们的目光刺出无数个小洞。

佩戴黄色标签就意味着他们即将被踢出公司，他们的目光会变成冰凉的小刀，他们会和佩戴绿色标签的同事合谋，在公司的内部通讯上给我们提一些善意的批评。可他们总是把男性新秀批评成白痴，把女性新秀批评成婊子。

我很怕他们，我一直在想，什么时候我也戴黄色的标签了，我也一定不放过迫使我沦落到那种地步的白痴和婊子们。

我每个月都必须去一趟公司，公司要求我们看管好自己专属的个人电脑，因为很多时候我们都会发现自己的电脑前坐着一个前任职员，我们就得重复这个动作，打电话通知保安。

当过期写作明星试图把他们在公司出版的两麻袋著作亮出来的时候，T保安们根本就视而不见。所以尽管他们智商低，会把已经被解雇的职员放进来，但是使用他们再把这些人弄出去真是最好的方法。

公司开始改良他们的一些制度，他们已经明令禁止职员个人拥有自己的产品。因为越来越多的职员看到自己的成品以后会抱怨，因为公司越来越喜欢买小电影明星的剧照来做产品封面，并且大胆地把封面图片和职员本人联系在了一起，以促进市场销售。当然还是有很大一部分女职员是赞同这种做法的，尽管她们在产品发布会上往往会口是心非地声称，她们并不推销或赞同公司所提供的服务，但她们对公司的重大献赠表示衷心的感谢。

公司现在用钱来堵大家的抱怨，公司用钱来堵一切，就像我们政府明令规定的年度休假，公司用钱买下了大家的休假，每个人都举双手赞同。

公司还拥有一个智囊团，智囊团每天的工作就是应付各种各样的抱怨，这些人的智商统统超过一千，在他们面前，任何问题都会得到合适的解决。如果我们抱怨说分配给我们的板栗越来越少，他们就会开会，提案，表决，最后发公文给我们说板栗分配已由原先的上午发三粒下午发四粒改为上午发四粒下午发三粒。皆大欢喜。

公司今年的新规定，新秀们也得努力，如果我们的产品不及格，公司就会派出一位监管管理你。监管为了激发你的灵感，就不得不采取一些极端的手法，有时候你就得挨监管的揍。但只要你懂得讨好监管就会避免挨揍，并且会在监管的推荐下成为本年度的先进，如果连续三年被评为先进，就会长一级工资。

总之，腐败无处不在，唯一的选择就是，你必须从不犯错。

古 代

我十七岁。

我出生在冬天，很多时候我的心会像冬天那么冷。

冬天出生的女子都特别容易绝望，因为寒冷，我会因为寒冷而紧张，我太紧张了就会绝望。

我生活在留国，我们的国家很奇特，因为它在水的中央，被三道墙包围着，通往外界的，只有一座竹桥。

我喜欢做梦。

我在白天也做梦。我已经很大了，可是我还做梦。我在做梦的时候会很投入，我会流下眼泪来，被自己的梦打动。

我总是梦到我的男人背叛我，我就会在他的面前死去。我要我死得很痛苦，但是绝美，然后我要看到他的眼泪，一颗，一颗，一颗……然后我就醒了，发现键盘上有眼泪。我很奇怪，因为所有的梦都很短暂，可是我为了一个梦，流眼泪。后来这个梦变得很复杂。

我梦到我结婚了，丈夫是个好男人，好得总忘不了他过去的女人。

我们像所有的夫妻那样，平淡地过着日子，后来他过去的女人回来了，他们偷偷地约会，于是我就会在他的面前死去，我要我死得很痛苦。我仍然长发，在结了婚以后，我穿最美的服装，当我倒在地上的时候我的衣服要比我更美，我要他抱着我的头，抓住我的手，看着我死去。我的已经破碎了的心，碎了一地的心，和我的灵魂一起，飘来散去，最后，消失了。

我是一个奇怪的女人。

当我爱上了一个男人的时候，我总是以为他是世界上最好的男人，所有的女人都要跟我抢他。

他有致命的魅力，他冷酷地走在路上，不搭理任何人，可是每一个女人都想搭理他。在他面前，所有的女人都变得放荡，她们风情万种，走来走去，只为了勾引他，把他从我身边弄走。

于是我在恋爱的时候会仇恨所有的女人，即使我完全得到了他，他成了我的丈夫，我仍然仇恨所有的女人，

当我不爱他了，我又会错误地认为他会被整个世界的女人轻视，没有女人会爱他，这个男人一钱不值。

为了使自己不再做这样的梦，我开始和自己讲道理，我明明白白地告诉自己，如果我丈夫要背叛我，我死去，他就会大笑，也许他会拼命地摇晃我，他吓坏了，可是我相信，当我的心碎裂开来的时候，他的心，盛开了，像一朵花。

我没有爱，会恨男人。

可是我有了爱，仍然恨男人。

真奇怪。

后来我的梦都发生在古代。

其实我从五岁就开始有幻想，我清晰地记得我们幼儿园的天花板，每天中午他们都在熟睡的时候我就开始幻想。那时候我的幻想里有很多神仙，他们在天花板上飞来飞去，个个神通广大。

后来我上小学了，我会望着窗子外面流眼泪，我在幻想我被整个世界遗弃了，我确实也被整个世界遗弃了，那个时候。

我想我喜欢受虐，如果没有人遗弃我，我就遗弃我自己。可是我要百依百顺，对我爱的男人，如果他也喜欢受虐，我也会听从他，扮演一个悍妇，捆绑他，用他喜欢的方式踢他，或者鞭打他。

我总是希望在我的这一生里，有人绑架我。绑匪必须毕业于哲学系，我要和他们斗智斗勇，当他们都和我讲道理的时候，我就不讲道理，我谩骂他们，可是他们永远不生气。

可是我歧视他们，我痛殴他们，让他们知道，其实他们什么都不是。

我小时候的幻想不是这样的，因为我没有上过学，我的幻想就很简单，我要做一个武艺不高强的女人，但我打起架来必须很好看。我每天都穿不重样的透明的衣服，每一件衣服都有飘带，当我施展起轻功的时候，我就像一只美丽的蝴蝶。

我可以在热气腾腾的木桶里洗澡，木桶里有红色的花瓣。

我还得受伤，而且总是伤得不是地方，那些暗器都打在我的胸前，腿部，或者肩头，它们使我很痛，甚至使我流出了鲜血，可是它们不可以在我的身体上留下任何疤痕。

在我爱的男人为我疗伤的时候，他必须撕开我的衣服，有一点点暴力地撕开。他担心极了，因为我受了伤，他看到了我的身体，他有一点儿反应，可是他不能马上表现出来，因为我受伤了。

所有的暗器都有毒，我在受伤的同时也中了毒。

那些毒被逼出来以后，我还得吐出一口血，我嘴角的那一丝血，使我的脸分外凄美。

在他包扎好了我的伤口以后，他又发现，我还受了内伤，于是他又得为我疗伤。

我们坐在密室里，穿很少的衣服，或者不穿衣服，我们头顶冒热气，掌心贴在一起。

我们的密室最好就是一个冰窟，我们都坐在一块巨大的冰上，像我们的爱情，纯真极了。

我的故事里，我会经常麻烦他，我每天都会中毒，或者被暗器所伤，他得不断地为我疗伤。

当我渐渐地好起来了，我坐在小庭院的石台阶上看云，我看见被风吹乱了的花瓣飞来飞去，我的心也乱了。

我们会在一个阳光灿烂的日子里结合，他抱着我，说想像我一样写小说，可是我说不可以，因为你会像我一样，中毒，或者被暗器所伤。

他的武艺最高强，可是他绝不表现出来，他从不打架，他看到最严酷的江湖纷争只会淡淡地笑一笑，可是他的武艺最高强。

他必须来自一个有荷塘的地方。他的语言漂亮极了，可是只有我一个人知道，他的声音都那么性感，他是一个高手。

必须。

我们都爱短故事

我有时候写短故事，也就是小小说。很多人觉得小小说这三个字档次太低，快要和故事会差不多了，他们就用了一些别的名字，微小说、闪小说、超短篇什么的。超短篇这个名字还真不错，能让人想起夏天和冰淇淋，转瞬即逝的爱情。

其实《故事会》也挺不错的，我还看到它出现在纽约地铁里，我就没有在纽约的地铁里看到过任何一本《收获》和《人民文学》。肯定也是因为我搭地铁搭得不够多，而且我要看它们我就去东亚图书馆好了，整个下午，我会是那儿唯一的一个读者。

当然纽约的地铁里也看不到《纽约客》，现在想起来纽约的那些日子，暗的灰的，漫长到没有尽头的隧道，我都没有去想纽约的地铁是什么样子的。也许纽约的地铁只是那样的，如果一个男人的书包带子从肩上滑落，落到邻座，邻座的男人不会挪动他的身体，邻座的男人直接地告诉那个书包男人，坚定的眼神，你的带子碰到了我。香港的地铁不是那样的，香港地铁里的男人快要睡着，头倒到邻座的肩上，邻座的男人叫道，你做乜嘢？睡着的男人惊醒，你做乜嘢！邻座的男人又喊，你做乜嘢？睡着的男人再回过去那句，你做乜嘢！这么来回了十遍，他们各自戴上耳机，回到自己的世界。

中国也没有《纽约客》，好像二十年前的《作家》杂志说过我们要成为中国的《纽约客》。可是中国不是美国，《作家》后来有没有《纽约客》的样子我也不知道了，我离开了中国，来到地铁里没有《纽约客》的纽约。后来我终于又从纽约搬到了香港，有没有《纽约客》的中国，我还是用了一个春天来写短故事。我写了三十四个故事，每个故事不超过一千字。我把它当作一个训练，既然我在叙事上弱一点，那么好语言撑不撑得起一个好故事？

二十年前我已经写过一次短故事，那个年代没有微博和朋友圈，让我可以展现它们，那个年代，很多人连电脑都没有。最后河南的《百花园》发表了那些短故事，他们还请我去了他们的会，我在那个会看到很多很有趣的人。他们在那个时候都被称为小小说作者，相对于小说家这三个字，小小说作者，听起来一点都不酷，可是我反而觉得他们更好玩，每一个人都好生动。实际上能够在最短的篇章里讲完一个最完整的故事，我是觉得他们都太酷了。

实际上我也一直偏心写短小说，我没有回避我在长篇小说上的耐力不够，这当然与我的专注力缺失有关。诚实地说，写长篇简直杀了我。有时候我会这么想，大家已经不看长篇小说了，每个人都要谋自己的生，所有看长篇小说的只有写长篇小说的，文学作品到了一个不能给人以精神力量的地步。可是如果你没有一个长篇小说，你就没有一个座儿。可是站着也没有什么不好的。维基百科说的，只有最优秀的短小说作家才写得出意境深远且清晰动人，给人接近长小说感觉的作品。

¤

花裙子

惠美很爱美，可是买不到花布啊。惠美就买了很多花手绢，用那些花手绢给自己缝了一条花裙子。

惠美真美啊，惠美的爱人说。

惠美笑了，惠美很爱自己的花裙子，惠美也很爱自己的中国爱人。

然后有一天，惠美全家要回日本。

留下来。惠美的爱人说，我们结婚。

一起走。惠美说，去日本。

不。他说，我不去日本，我能做什么？我不去日本。

那我们就结婚吧，惠美说。惠美其实很失望。

家人回日本的前夜，惠美突然改变了主意，惠美也要回日本，更坚决地，比谁都要坚决地，要回日本。

惠美同爱人分手，去了日本。

然后，十年过去了。

惠美回到中国，找到他，并不难找，他从来都没有离开过。

惠美说，我们重新开始。

惠美以前的爱人说，不可能啊，我已经结了婚，生了小孩，你看，漂亮的女儿啊。惠美以前的爱人把钱包里面的照片拿出来。

惠美没有看一眼那张照片。

惠美说，我只有一个愿望，请你给我一个孩子，我在中国住到怀上你的小孩就走。我走了不会再回来，我永远不会再回来打扰你。

惠美以前的爱人说，这更不可能啊。

惠美开始哭。

惠美以前的爱人说，惠美不要哭了，明天来我家吃饭吧。

惠美以前的爱人那天回家很晚，他的妻子以往都是很早睡的，可是那一天没有，他的妻子坐在沙发上等他。

他说他请惠美回家吃饭。

他的妻子笑笑说，她不会来的。

他说为什么？

他的妻子笑笑说，她不会来的。

惠美没有去。

惠美改签了机票，退了房，连夜回了日本。

三年以后，惠美写信给她以前的爱人，十三年来惟一的一封信。惠美告诉他她结婚了，跟一个小十岁的中国男人。

然后，又一个十年过去了。

我问部长，惠美后来生小孩了吗？

部长摇摇头，说，惠美的母亲八十岁了，最后写了一封信给我，说惠美离了婚，越来越暴躁，已经没有人可以接近她，更没有人可以容忍她。

请你照顾她。惠美八十岁的母亲在信里说,我的女儿,神给过她爱,可是她从一开始就错了。

部长说,惠美真美啊,惠美用花手绢给自己做了一条花裙子。

我说部长,也许是你错了呢?你从一开始就错了。

部长说,午休结束!上班!

¤

爱的永远

你还爱她吗?

爱啊。

分手了还爱啊?

爱。她自杀死了。

¤

莲花山下

惠姗小学的时候跟着父母旅行,在火车上认识了一个大学生。

惠姗小学时候的火车慢又拥挤,车厢与车厢的连接处,背靠着车门,门外流动的村庄,惠姗写下她的小学地址给他,他写下他的大学地址给她。

大学生是学生会主席，来信总是叮嘱惠姗上进。惠姗升了中学以后慢慢地不再复他的信。惠姗也开始对旅行厌倦，不再出门，认识新的人。

有一年暑假，大学生来看她，弄堂口，惠姗说谢谢和再见，他给了她一个最紧的拥抱。

然后，二十年过去了。惠姗嫁了人，搬去深圳，大学生也安居在深圳，莲花山下。他又叮嘱她上进，惠姗想起来那个很紧的拥抱。大学生说他在火车上见到她就爱上她，小学五年级十一岁的她。

惠姗挣脱了那个拥抱。

¤
鸡米花

惠娴在中国肯德基吃过鸡米花。鸡米花，就是像爆米花那样大小的炸鸡。惠娴并不喜欢肯德基，惠娴也不是喜欢鸡米花，惠娴只是在去美国的前一天，吃了肯德基的鸡米花。

惠娴在美国都是自己做饭，从来不出去吃。

然后有一天，惠娴和家生开车经过一间肯德基。美国的肯德基很少，汉堡王都多过肯德基，惠娴也只看到黑人会去肯德基。

美国肯德基的橱窗上写着，鸡的爆米花。

惠娴就说，家生，我们停在这里，去买肯德基的鸡米花吃吧。

家生专心地开车，家生说，不吃。

惠娴没有再说话，惠娴望着窗外，过了红绿灯，鸡米花的广告看不见了。

惠娴后来离家出走，坐在这间肯德基。天都黑了，家生寻过来，要了一份鸡米花，最大份的。

惠娴望着窗外的红绿灯，惠娴说，咸，咸到超出想象。

家生说，还不是你要吃？快把剩下的都吃了，别浪费。

¤

花吃了那女孩

你觉得家新可不可爱，我有点喜欢他了。

喜欢他当然可以，但别陷太深。

他长什么样儿啊？

年轻时挺帅的，现在也没那么帅了。

那算了。

¤
表姐表妹

表妹在影楼修照片，有一天想起来替表姐修。

还是不要了，表姐说，我都这么老了。

我只记得表姐从前的样子，那么好，表妹说，我照我的记忆修。

表姐同表妹已经多年未见，表姐嫁了人，生了小孩，搬去外国；表妹结婚又离婚，表妹再也不结婚了。

表姐和表妹，小学的时候倒常碰面，四年级和六年级，两个女孩，最好的时光。四年级练书法，用毛笔字写信给六年级，六年级在学写诗，每一封回信都是诗。四年级和六年级，好时光，无边无际的青春。

我已经忘了我的青春，时间都碎了。表姐说，我老了，却还要背井离乡。

表妹说，我只记得你的好，那么好。

表妹说别人长成怨妇，有来没来的更年期。

表妹说她们指指点点，贱手指，她们说年老配不上小清新，配不上年轻的好。

表妹说年老就应该去跳广场舞，骂小孩，躺在地上起不来？

表妹说坏人变老了，更见不得别人好。

表姐就笑了，表姐说，表妹久不练字了。

表妹说表姐也久不写诗了。

表姐说是啊，可是不后悔，所有的青春都没有浪费。

表妹说这就对了，照片修好了，寄你，修片只是修脸色，神情改不了。

于是表姐收到的照片，仍然有天然呆的笑。

表妹说，表姐，等你真的老了，再拿出来看看啊。

¤
信　用

凌晨两点，大卫听到篮球场有人打球。

大卫住在 LOFT 的一楼，窗外就是篮球场。篮球场很新，因为根本就没有人打球，学业繁重，大卫甚至从来没有在走廊尽头的洗衣房见到过别人。

大卫躺在床上听了一会儿，单调的打球的声音，一个人，一只球。

大卫从床上爬了起来，套上外套，站到篮球场的边上，夜里还是有点凉。篮球场的 四围种了一圈玫瑰，木屑地，刚种下的玫瑰，还没有花朵，叶子在阴影里是黑色的。

打球的人看了大卫一眼，带球，上篮。

嘿！大卫说，你住二楼的？

嘿！打球的人说，二楼。

你想打到几点？大卫说。

再打几下，他说。

大卫望着他又打了几下。

再打我就叫警察了。大卫说，你知道现在几点了？

再打两下，二楼说。

我现在就叫警察，大卫说。

警察来的时候我已经走了。二楼说，我就再打两下。

大卫望着他。

你躺到床上的时候我就不打了，二楼说，我保证。

大卫转身，回自己的房间。开门，放下钥匙，脱掉外套，躺到床上，窗外打球的声音戛然而止。

¤

男闺蜜

惠欣和男朋友分手以后，男闺蜜上位，做了男朋友。

和男朋友分手的那一夜，男朋友送的是玫瑰，鲜红玫瑰。惠欣同他的一年他都没有送过一次花，倒在分手的时候，送了玫瑰。

男朋友是这么说的，别哭惠欣，不要哭。

男闺蜜来的时候玫瑰在垃圾桶里，惠欣哭得上不来气。

要不出去走走。男闺蜜说，转移下注意力。

惠欣出去走走，戴着墨镜，看什么都是黑白片。

实际上天也全黑了，到底过了一天。经过一家快要打烊的花店，男闺蜜走进去买了三支马蹄莲。惠欣站在街边，眼睛太肿，墨镜摘不下来。

男闺蜜把马蹄莲塞到惠欣手里，男闺蜜说，为什么玫瑰？你应该是马蹄莲，纯洁又高贵。

于是，男闺蜜升级了，变成男朋友。

闺蜜男朋友每天电话，下班来接，努力地留在男朋友。

惠欣眼睛不肿了以后开始不接电话，下班也不准时了。惠欣只知道这一点，如果第一面是男闺蜜，以后都是男闺蜜。

初雪的傍晚，惠欣从班车上下来，闺蜜男朋友等在车站，黑色外套，已积了一层雪。

那个傍晚，惠欣和男闺蜜第一次接吻。

惠欣哭了，因为太恶心了。

惠欣上完夜班走出单位的门，为了避开男闺蜜，跟同事换了班。

走到街上叫车有一段夜路，正在修，路面不平，惠欣小心地避开一个积了水的洼洞。已是凌晨，没有一个人。

直到看到了地上的影子，背后的细微声响，回头，男闺蜜跟在后面。

惠欣转了头，说不出来的厌倦。

晚上不安全。男闺蜜说，以后别上夜班了。

惠欣不说话。

这是我最后一次接你，以后再也不会来了。男闺蜜说，再见惠欣，再见。

一辆的士停了下来，男闺蜜转身离开，没有回头。

惠欣上了车，车开出去，惠欣又哭了。

¤

做 媒

家惠做过三次媒。

第一次是妈妈的朋友拜托，已经过了三十的女儿，男朋友都没有谈过一个，家惠在报社实习，认识的人肯定多，拜托了。

家惠想起来一个交通电台的播音员，眉清目秀，可以配她。

约在城郊结合部的农民房，因为正好有个乡下小子送家惠猫，邀请她去他的趴梯。妈妈朋友的女儿，化了淡妆，粉红色的嘴唇，播音员穿了西装，打了领带，坐在破烂条凳的上面，一句话都没有。凌乱的农民客厅，水泥地，电压不稳，灯光时亮时暗。三十岁没有男朋友的女儿坐了五分钟就站起来走了，坚决没有回头，播音员也站起来走了，一条回城市的路，两个人却没有同程。

这一对没有成，家惠知道错的是地方，选错了地方。直到听说那个女儿结了婚，生了双胞胎，家庭和满，一颗心才放了回去。那个播音员，家惠跟人约在一家书店的时候又见到，已经是十年以后了，家惠问他还好？他说还好，仍是单身，看书是唯一的爱好。家惠突然觉得他的单身都是她的错，一颗心又吊了起来。

第二次和第三次都不是家惠情愿的，不情愿地做媒。

单位春游，跟医药公司拼团，家惠旁边坐的是医药公司的会计，

爱好文艺，面若银盘。春游过后，会计时常找家惠，通个电话，周末
找过来坐坐，约家惠去滑旱冰，还有坐会计对面的男会计，三个人，
一起滑。家惠还情，找了坐对面的男记者，加上会计，三个人，一起
吃饭。

两个星期以后，会计突然来找家惠坐坐，说是正被男记者猛烈追求，
问家惠的意见。家惠说，你要同他结婚？

会计说，只是谈谈。

家惠想到这个男记者约她看电影院免费送的电影，看着看着手就
会伸过来；摄影部的同事好好走着路，男记者突然腿一伸，绊人家一
个大跟头；家里的 KTV，男记者有空就来唱，父母热情，谁来都留饭，
所有蹭饭的同事朋友中男记者声音最响，米饭粒还粘在嘴角上。

家惠说，大了十岁，何必。

会计说，那我再想想。

家惠又说，你若向往文艺圈，也别指望他，年龄这么大，没有升
职的可能。当然，你的爱情你做主，你要爱，就去爱。

会计说，你是真心为我打算，太感谢了，家惠。

会计走的时候紧紧握住家惠的手，说，好朋友，永远的。

会计和男记者周末就办了婚宴，所有的人都收到了喜帖，除了家惠。

家惠听到同事们说新娘在婚宴上发表演说，再大的阻挠和千辛万
苦都阻止不了我们的爱情，我们终于走到一起来了！

幸好家惠调职，要是每天还得面对着男记者，才算是千辛万苦。

家惠在电影院的门口撞到新娘，横竖避不过，家惠说你还好吧？

新娘说好，老公安排了在电台做一档夜间节目，听众反响非常热烈！家惠笑笑。新娘又说，好多免费的电影票，看都看不完，你看不看？家惠说谢谢，不看了，再见。

　然后是大半年以后了，男会计电话家惠，说会计生了个健康的男孩。

　家惠说为什么强调健康？

　男会计说，咳，公司同事都知道，会计有家族史的精神病，三十岁前要是还嫁不出去，真的是嫁不出去了，幸好嫁出去了，幸好生了一个小孩，还是健康的。家惠是这么想的，这一生都不要再做媒了，不管是有意的还是无意的。

　这个期间，家惠被做了三次媒。

　第一次是游泳教练，一米八六，健美先生。家惠问他游泳之外做什么？他说也看书。像是媒人交代过的话。什么书？家惠问下去。古龙，他答。家惠说，哦。金庸，他又答。家惠说，哦。

　第二次是从小订的娃娃亲，到了适婚年龄，大人说见一见。娃娃亲白白胖胖，走起路来就是世交伯伯，一笑，两个很深的酒窝。

　家惠跟父母抱怨，这个年代，还有娃娃亲真的相亲的？

　第三次是公务员，第一顿饭没吃完就说，我们结婚吧。

　家惠出国挣学位，挣脱了所有的相亲。

　暑假回国，父母带去一家餐馆吃饭，还有另外一对老夫妇，席间拜托家惠给他家三十岁的女儿找个丈夫。

　为什么我？家惠问。

因为和你在一个州，父母说，念完硕士念博士，就是不想结婚，父母操心，你看看你的同学朋友有没有？

她就是不想结婚，家惠说。

她只是需要有人给她做个媒，父母说。

好吧，家惠说。

这时餐馆的女老板过来打招呼，说是要跟家惠过隔壁包间聊聊。

也是要做媒？家惠疑惑。

女老板笑笑，已经有了一个和家惠一个州的男朋友，要她过去生活，她得把国内的生意放下。

家惠说，放得下？

女老板说，放得下。

家惠说，放得下就去。

女老板说，也有点放不下，过去了不好怎么办。你们住的那个州好吗？

家惠说，还好吧，生活的话。你的这家餐馆以前在天宁寺旁边吗？

女老板说是啊，十年前了，刚刚开始创业，做大了才搬来这里，你居然知道？

家惠说，因为餐馆的名字一直没有变过。

家惠一直记得这家餐馆，十年前，他带她去的，江南城市少见的川菜馆，夫妻肺片，辣子鸡，花生配豆花。

他说，老婆，好爱你。

第二天早晨，他在电话里说，家惠，我们分手吧。

家惠后来的每一次恋爱都疑心对方会突然提分手，于是家惠每次都是先提分手，很突然的时间，家惠觉得这是最好的不受伤害的方法。

家惠回去后梳理了一下还没有结婚的跟已经离了婚的同学朋友，跟那个三十岁的师姐通了个电邮，师姐说，我就是不想结婚。

¤

妻子写了一首诗

丈夫上班前从书架上拿了一本书

带下了一本杂志

杂志掉在地板上

丈夫不去捡，丈夫要赶上班

妻子不去捡，妻子为什么不去捡？

孩子不去捡，孩子从来不看地板

地板上的杂志

躺了三天三夜

有一天终于不见了

妻子也不见了

¤

妻子写了一封信

算命不好，我想我以后都不要算命了。

我想和你说说话。

可是你晚上不说话，而我白天不说话，所以只好写下来。这样，我们的白天和晚上都不用说话了。

我不是要和你说命。其实我要说的是我们楼下看车库的人，他从很穷的地方来，住在垃圾房，做很辛苦的工作，只拿到很少很少的钱。可是每次看到他，他都是笑着的。我很难理解他的笑。后来，他的老婆来了，儿女来了，他们很挤地住在一起。然后，儿女们的儿女们都出生了。他们全家都在这里了。他们仍然住在垃圾房，工作辛苦，钱很少。一个夏天的晚上，大概是孙女的百日，他们在车库里摆了一桌酒。菜和酒都很低劣，可是那个夜晚，谁都听到了他们很大的笑声。我觉得他们很幸福。

可是我也不是要和你说幸福，我想说的是家。孩子小时候说过的，家就是爸爸回家，妈妈回家，我们一起吃晚饭。

如果我们是很好的父亲和母亲，我们一定会负担起我们的责任，让我们都在一起。即使我们很穷，没有像样的房子和家具。

如果我们是很好的丈夫和很好的妻子，我们一定会倾听对方的声音，即使我们内心烦躁。一定是这样的。

我承认我不面对了，我逃避了，我没有很努力地工作，和我应该承担的责任相差太远了。可是亲爱的，你也要承认啊，每天每天辅导孩子的功课，带他们玩儿，引领他们走对的路，陪伴他们慢慢长大，也是很重的责任啊。你真的不想加入吗？游戏或者游泳的难题，哪里又比得上孩子成长路上的难题。

孩子的小时候，你一下班就带他玩儿，他们都说一个好爸爸。很久很久以前了，你一定不记得了。很多事情长远不做，真的会忘记呢。后来你把付出的重点都放在工作上了，可是，工作一分钟换来的一百块能买到已经过去了的和孩子在一起的那一分钟吗？我经常会想，我不要一百块，我要坐在游乐场的长椅上看到，丈夫和小孩，在那边玩儿，即使只是一分钟。

我把我的爱收回来了一点儿啦，很用力地收，很多时候我简直是在做神才能做的事情。可是亲爱的，孩子睡着了的时候，我会想你。

¤

冷笑话

A. 我说何必费尽心机去翻老公的钱包，查老公的手机，只要深更半夜老公熟睡了以后，在他耳边喊一句，你老婆来了！有人提出来说，为什么要喊你老婆来了，为什么不是喊我老公回来了？大家就笑啊笑啊笑啊，突然都沉默了。

B. 我来讲个笑话。有一个人很喜爱他的情妇，又不能同太太离婚，就应承情妇说不再碰自己的太太，不叫情妇伤心。这一年冬天很冷，太太每天每天都觉得很冷啊很冷啊，然后就冷死了。

C. 我有一个认识了七八年的很好的男朋友，和一个认识了七八年的很好的女朋友，今天第一次带他们见面。然后女的送了男的一个面包，然后男的拍了女的一下。然后我觉得我被全世界抛弃了。

D. 我一直这么想的，以后我们都很老了要住在一起。谁也不是谁的老公谁也不是谁的老婆，小孩们有空了就来看看我们，不看也可以。我们每天笑啊笑啊一直到走。对了，我们每个人都要挂一条项链，上面写着不要抢救。

E. 有个女朋友说下周有空找我玩了，老公要去澳门出差。然后另外一个女朋友电话我说她下周休假，要跟情人去澳门玩。我总觉得哪里不对啊。

F. 苹果指纹识别好啊，等老公睡着了，拉过他的手这么一划拉，开机了。

¤

一　面

家生十八九岁的时候，家里来过一个女孩。朋友的朋友带过来的，十五六岁，长头发，黑裙子。阁楼的顶灯昏黄，女孩的脸总在阴影里。

女孩坐了一下就说走了。

家生说，再坐一下啊，还早。

要走了。女孩笑了一声，说，时间到了。

女孩走了，家生没有送她。

二十年后的某个早晨，家生突然想起那个女孩，长头发，黑裙子，阴影里的脸。家生早已离开了家，家生娶妻生子，经过的事情都像大海一样。

家生去问那个时候的朋友们，那个女孩，那个傍晚，所有在场的朋友们。

有的人完全忘了那个女孩，甚至那个傍晚；有的人说是别人带来的，别人又说是别人带来的。然后有一个说过不记得了的朋友，又打回电话，说，记起来了。那个女孩一早死了，车祸。

家生同她的那一面，其实是第一面，也是最后一面。那段关于走了的对话。她说，要走了。他说，还早啊。

¤

前　生

淑娴十五六岁的时候，去了一个地方，朋友的朋友带过去的。独幢房子，前院也没有花，斜顶阁楼，木地板，昏黄的灯光，四五个男孩，为了组建摇滚乐队的事情争吵。

淑娴坐了一会儿，就说走了。

男孩中间的一个说，再坐一下啊，还早。

走了，淑娴笑笑说，时间到了。

淑娴家教严，回家的时间必须是在天黑前。

就走了。

淑娴推出自己的脚踏车，回头再望一眼，没有花的前院，也没有人送她。

读完中三，家里把她送去美国。

淑娴在美国结婚，生小孩，小孩慢慢长大，所有女人走过的路。只是午夜梦回，破碎梦境，旧中国，战争年代，山村小屋，半掩木门，一个倚住门框等待的女人，漫长的等待。

淑娴的家庭医生给了她一些药，淑娴一颗都没有吃。

某个傍晚，淑娴突然想起来，有过一个十五六岁的傍晚，去了一个地方，阁楼的木地板，年轻的男孩，昏黄夜灯的气味。

如果你去了一个地方，见了一个人，然后你忘记了。那是因为你有过等待，那一面，是你的等待。

¤

做媒香港

家声下班回家，惠娴又来问公司里有没有可以用的未婚男士。

家声说没有。

惠娴说，离了婚的也行。

家声说，离了婚的也没有。

惠娴说，年龄大一点的也可以。

家声说，你也知道的，年龄再大的男人，都是喜欢年轻的，你们那帮师奶拜托给你的女的，肯定都三十好几了。

惠娴说，哎，二十岁的男人要二十岁的女人，三十岁的男人要二十岁的女人，四十岁的男人，还是要二十岁的女人。

家声说，就是五十岁六十岁，也只要二十岁的。

惠娴整个晚饭都没有跟家声说一句话。

家声跟同事午饭，想着惠娴早上还跟自己置气，躺床上一动不动，早餐都没有，不免烦躁。

就问同事，下了班喝一杯？

同事说好，反正单身，回家也是无聊。

家声说，单身？

同事说，单身。

家声说，那下周末出来相个亲？

同事说好，反正也是无聊。

家声电邮惠娴，叫她传女方资料过来。

惠娴立即传了来，相貌还不错，学历也不错，只是当然，三十好几了。

惠娴说，这边的时间都方便，地点你们定。

家声约同事午饭，说，要不就公司附近，带你们见了面，我还得赶回家食饭。

同事说，抱歉抱歉，已经在约会了。

家声说，啊？上周还说单身。

同事说，是啊是啊，上周还单身，这周不单身了。

惠娴跟家声生气，好玩吗？很好玩吗？

家声说，你还跟我气？你要是没找着我，也是到处找老公找不到的。

这一晚，为着做别人的媒，惠娴和家声打了起来。

家声电话浸会大学做教授的同学，问他那里有没有单身的同事。同学说没有。家声说打听打听啊，要不惠娴天天来烦。

过了几天打回电话说找着一个了，城市大学的行不行？家声说行。助教行不行？家声说行行行。

终于是见了一面，三个男博士，一个三十好几的女博士，四个博士，沉默的晚饭。相亲的男女，更是一句话都没有。

竟然成了。

惠娴的早餐做得丰盛，笑成满月，老公，这世上竟有这么巧的事，刚好是相差两岁，刚好是身高相差21厘米。这边的亲戚都满意，都说这就是缘分。

家声吃早餐。

惠娴说，老公啊，你知道的，阿萍家的那个小姑子，一直嫁不出去，也三十好几了，整日霸住间屋，也不出去工作。阿萍想换楼想了十几年，间居屋又是老公跟小姑联名买的，小姑子不嫁出去，也换不了楼。

家声安静地吃完早餐，说，老婆，你要是再叫我去做媒，接下来你就得做你自己的媒了。

¤

爱的过去

家新离婚了以后，发了个短信给前妻，说他爱她。前妻回复说谢谢。然后前妻去了北京，小孩三岁，留给了家新。

家新去幼儿园接了小孩，晚上给小孩洗脚的时候，小孩说，爸爸，你不要和妈妈离婚好吗？家新没有说话。小孩说，你们已经离婚了吧？

家新后来对朋友们说，真的很伤心啊。

家新从来没有爱过前妻，逛唱片店认识的姑娘，大三岁，农村出来的。朋友们都反对，家里更不用说。

可是全心全意地对家新好，家新就说，我同你结婚，第一个对我好的，我永远不离开，可是我不会说我爱你。

家里人反对得强烈。家新就说，我们到一个只有我们两个人的深山老林里去。

家新说了这样的话，家新还是说不出来我爱你。

家新爱过，初中同学，第一眼就是仙女，手指头都碰不到的仙女。争到高考的前夕，为仙女补习。那些傍晚，是家新这一生最大的幸福，无法被超越。

结婚前的几个月，家新偶遇了仙女，天天在一起，说不完的话，甚至亲密了一次。家新觉得活不下去了，绝望死了，挚爱与承诺，无法抉择，只有去死。

家新出了车祸，车子打横过来的片刻，家新不害怕，解脱了的快感。

可是家新没有死，醒来直面人生。

仙女有男朋友，大学同学，他们在一起，家新安心，真的安心。真爱，不就是不占有，只要她幸福。

前妻回了娘家，过了半个月，自己回来了，说，在一起这么久，哪怕结了婚再离婚，也是对家里的交代。

于是结婚，过了一个月，前妻怀孕，生小孩，过了几年，家新的心慢慢地放在了小孩身上她的身上。可是她的心不在了。

前妻要去北京，家新说小孩不舍得。前妻笑笑说，小孩很好哄的。前妻去了北京，家新带着小孩，一个小七岁的女人爱上他，全心全意爱他，他也需要女人照顾小孩，小七岁的女人，做了好心的后妈。

平淡知足的生活，家新也没有说过我爱你。

家新只说过一次我爱你。离婚了以后，短信前妻。那一次，那一句，我爱你。前妻说，谢谢，再见。

¤

ABCD

A 在中国，A 的丈夫在美国。

B 在美国，B 的妻子在中国。

C 告诉 D，A 与 B 有染。

B 在 MSN 里说喜欢 D，D 问 B 与 A 有没有染。

B 马上去告诉 A。

A 一夜没睡，发疯，博客里自虐，说自己是一个拉皮条的。

互相认识的 ABCD，谁都痛苦，说他或者她想死，直到 C 改口，有染改成暧昧，因为有染睡了，暧昧没睡。B 也改口，喜欢 D 改成同情 D，因为有一种同情就叫作喜欢。

A 和 D 老死不相往来。

¤

睡　衣

惠美是情感电视节目的编导，正做一期《回家》，有个小伙每到过年就想回家，可是年年都被家里人打出来，连家门都不让他进，是个心结。小伙写信去电视台，求助电视台，帮他解了这个结。

也不是什么事，惠美说。

入赘，做了上门女婿，家里人觉得丢脸，不认他，惠美说。

前期准备了两个月，电话打烂了，那边政府出了面，说一定配合，惠美说。

到底还是亲情重要。惠美说，做下来几期，都比这个事麻烦，也都成功了。

可是节目没做成，村口都没让摄制组进。

乡里的人倒热情，摄影师被米酒灌倒到田沟里。惠美小小个子，努力把摄影师从沟里拖上来，摄影师抱住台机，坐在田埂上，咕噜半天。

惠美说，没关系，我们拍点其他村的景。

小伙被摆在其他村的村口，拍了两个镜头。小伙说，不拍了，走。

死活留不住，就走了。

浪费了吧。我说，跑这么一趟。

惠美说，没事，我们在南京转机的时候买点东西。

买什么？我说。

惠美说，买件睡衣，最美的睡衣。

有男朋友啦？我说，福气哦。

惠美笑笑，说，他说钟意我在家，贤妻良母的样子。

挑了一件纯白睡衣，蕾丝花边，小清新。

然后三个月没有音讯。

我打电话给摄影师，摄影师说你还不知道？南京回来就出了事。

什么事？我说。

惠美的男朋友杀了惠美。摄影师说，算好惠美下夜班的时间，等在电视台门口，一句话没有，上来就杀，刀刀要命。

刚好出外景回来的同事们撞见，上去夺了刀。说是惠美只抱住头，已经是个血人，都没有喊。看见的同事都说像看默片，完全没有声音的，刀刺下去都没有声音，每一刀。

为什么？我说。

惠美的男朋友要她辞职，不做抛头露面的工。摄影师说，惠美说分手吧，男朋友就杀了她。

惠美死了？我说。

生不如死。摄影师说，重伤。

那惠美穿不了纯白睡衣了。我说，一身刀疤。

什么睡衣？摄影师在电话那边喂，睡什么衣。

¤
神奇女友

　　惠欣有一个神奇的女朋友，和这个女朋友在一起，总有神奇的事情发生。餐馆吃个饭，服务员会送她花，走在街上，推销员拼命往她手里塞气球塞纸巾，就是路过麦当劳买个甜筒，里面的姐姐还非要送一张小朋友贴纸给她。

　　惠欣自己，一洗头，天就下雨，一约会，路上就堵车，去银行，排的总是动也不动的那一队，想叫的士的时候来的全是巴士，好不容易走到了巴士站，一辆巴士都不来，过去十几辆空的士。

　　要不是有个神奇女友做比对，惠欣还以为人生就是这样的。惠欣从小到大都是这样不太顺利的，磕磕碰碰的，都习惯了。就好像惠欣的神奇女友也习惯了，每天都顺风顺水，总有惊喜发生的人生。

　　所以惠欣很喜欢和这个神奇女友一起出门，蹭一下她的神奇人生。

　　比如这一次，她们去了一家咖啡馆。刚刚坐下来，一个陌生男人就坐到了神奇女友的旁边，手里一本快要翻烂的牛皮纸本子，往她们的桌子上一扔，眼睛望着天，也不说话。

惠欣和神奇女友互相看了一眼。惠欣把牛皮纸本子拿起来看，第一页是个人介绍，手写的雄浑字体，原来是个著名诗人。第二页是目录，中外名诗，还有标价。

惠欣只在露天的烤鱼店见过卖唱的吉他手，还是头一次见到卖诗的诗人。再看他的样子，一言不发，仰着头，只望得见鼻孔，的确清傲。

惠欣就说，你卖诗啊？

你点啊，点了我来朗诵，他说。

不用不用。惠欣连连摆手。

我也可以现场作诗的。他说，价格要贵一点。

不用了不用了。惠欣连着说了好几遍不用了。

惠欣的神奇女友突然问，你有出诗集吧？

有！他答。

这样吧。惠欣的神奇女友说，你手边还有几本，我们都买下来，支持你写作。

我的诗集只此一本。他说，全国独此一本。说完，四处张望。

惠欣和神奇女友对看了第二眼。

惠欣的神奇女友说，你是怕服务员过来赶你走吧？

当然不是。他说，他们都很支持我呢。话音未落，抓起他的本子，像一只兔子那样跳起来，跑不见了。

一切都太神奇了。

惠欣说，怎么会有人做他的生意。

神奇女友说，不一定的，如果是一对文艺男女谈恋爱，买一首现场诗也说不准的。

惠欣和神奇女友对看了第三眼。惠欣说，咱俩长得文艺吧。神奇女友说，你才文艺你全家文艺。

¤
跳跃的豆

情人节过后的第二天，惠珍在肯德基撞见了初中同学王豆豆，角落里的位置，手腕上戴着儿童餐送的手表。王豆豆说昨天男人们送了她好多玫瑰，她就把那些花放到花店里去寄卖，卖花的钱用来吃肯德基儿童餐。

惠珍看着她。

王豆豆说我也要去开花店。

隔了两天，惠珍逛街的时候撞见了王豆豆的花店，很难看的三只花篮，占了人行道，不撞上也难。王豆豆坐在店里，听音乐，喝咖啡。惠珍说生意好吧。王豆豆说非常好，非常赚钱。又说，平日我都不在店里的，偶然来一次，今天你运气好，碰上了。

隔了两天，惠珍经过，发现花店没有了，问新店的店员，说是原来的花店结业转租了，很急的那种。

又隔了两天，惠珍接到了王豆豆的电话。王豆豆在电话说，我明天结婚，快恭喜我吧。

¤

晚 安

晚安。

晚安。我沉在回忆里。

去睡吧。

不睡。

七八年前了，这样的半夜，有人问我渴吗？我说还好。他说想喝水吗？我说好吧。他说渴了也不要喝。

你们好高级。

我没懂所以没有那么高级。

他高级。

有人爱你吗？

我有喜欢的女生。

等一下天亮了。

那时我去睡。

那个女生一定不喜欢你，要不她不会让你这么醒着。

说对啦。

不哭。你不还有我的陪伴嘛。

哭是什么。

他说渴了也不要喝，喝了还是会渴。

哦。

来，笑一个。晚安。

晚安。

¤

一九九六年的自行车

惠君的男朋友有一辆自行车，每天傍晚骑来惠君家，第一件事情，问惠君要一块旧布，擦车。擦很久，连轮胎都擦。惠君就说，你都不理我，你是喜欢你的脚踏车还是喜欢我呀？

惠君的男朋友说，这是山地车，二十四级变速的，不是脚踏车，脚踏车只有一个速度。

惠君和男朋友分手了一年都没有缓过来，初恋，缓不过来。

惠君去买山地车。山地车紧俏，店里都没有卖，家里人认得车厂的副厂长，自己去厂里提。

惠君取了车，骑回家。车厂遥远，惠君预备了两个小时，可是四个小时都没能骑到。山地车竟然很难骑，变几个速度都没有用。上桥的时候，惠君哭了，因为实在骑不动了。下了车，坐在桥沿，才发现轮胎是瘪的。车厂出来的新车，没有气，也没有人提点她要先充气，就这么吃力地，骑了一路。

惠君找的实习和前男友的单位在一个大院，一个大门，可是惠君再也没有碰到过他。惠君只在车棚里看到他的山地车，惠君把自己的车停在那辆车的旁边，惠君经过车棚打水的时候看一看那两辆车，靠在一起。整个大院唯一的两辆山地车。

惠君的前男友被单位派出去进修，六个月。整个大院只有一辆山地车了，惠君的山地车。

实习经理苛刻，惠君时常加班到半夜，漆黑的夜，昏黄灯光，车棚里的最后一辆车，开锁的声音都凄凉。惠君咬着牙，一天又一天。前男友回来的那个早上，惠君什么都没有拿，从楼梯上走下去，进车棚，推了自己的车，出了大院的门。经理站在楼梯上喊，惠君的头都没有回，惠君骑得飞快，山地车果然是可以加速的。

惠君家里人调惠君去另一个区的机关上班，惠君需要骑车去最近的站点，再转搭班车上班。

早晨的站牌下面，一个人都没有，惠君把车停在一间冲印店的门前，和一棵树锁在一起。

班车时间是早晨七点，冲印店开门的时间是十点，这三个小时，足够一个熟练的贼撬掉三十辆自行车的锁。可是惠君也没有别的选择。

每天傍晚从班车上下来，惠君第一件事情就是找自己的车。车还在，和一棵树锁在一起，惠君骑车回家，一天又一天。

妇联主席团委书记办公室主任，人人关心惠君，给她介绍对象，公务员同事，前程好，惠君只是笑笑。

前男友和惠君分手，用的理由是前程，领导说的，年轻，心思不要放在小儿女，要奔前程。

有一天，惠君从班车下来，没有看到自己的车。惠君绕着那棵树转了一圈，没有，真的被偷掉了。

惠君走路回家，骑车五分钟的路程，走路也不过十分钟。

自行车被偷掉了，惠君竟然一点儿也不难过。

¤

师奶茶聚

阿兰：约同乡吃饭，先去取款机取了现金，第一次见面的男同乡和女同乡，吃完饭，跟我讲，两个人想找个地方走一走。我只好说好啊好啊你们去走走。这时候才想起来取款机，卡拿了，钱没有拿，三千块。他俩还问我，哪个地方可以走一走？

阿萍：这个世界上你唯一不能够保证的就是自己的丈夫。

阿花：我今天早上被爱了。有个人在微信里问我，急事，可不可以借我二十块钱。我一看，不熟啊，但是顺手发了过去。过了一会儿，他倒退款了，还说，爱上你了，我那么多兄弟哥们，只有你这个算是陌生人的陌生人，一句话没问，马上给我。我就是爱上你了。

阿萍：二十块钱的爱啊？

阿美：你刚才打电话来叫我出来吃饭，挂了电话我扭头就对躺边上的老公说，你快走！我约了人。老公一个敏捷翻身翻下床去洗澡，洗半天，头伸出来，说，对哦，我干嘛走？我就笑啊笑啊笑啊，突然不想笑了。

阿萍：所以这是你迟到的原因？

阿芳：花师奶的样子很像是有了婚外情啊。

阿萍：怎么可能？整天看韩剧的女人是不可能有婚外情的。

¤

猪八戒的棒棒糖

当猪八戒还是一只猪的时候，喜欢上了一个妖精。可是一只猪跟一个妖精会怎样呢？他们没有房子也没有吃的。妖精走了，给猪留下了一支棒棒糖和一封信，妖精在信里说，她要奔她的好前程，叫他忘了她，实在很苦的时候，就舔一口棒棒糖。

猪娶了财主家的女儿，猪每天辛苦干活，有了房子也有了吃的，贤惠妻子。若不是不小心露了真面目，猪会是永远幸福下去的猪。

猪只好跟着一个和尚、一只龙、一只河妖和一只猴妖去西天取经。和尚师父说了，那才是所有妖怪的好前程。

师父骂他蠢的时候，舔一口棒棒糖；猴妖捉弄他的时候，舔一口棒棒糖；白骨精死的时候，也舔一口棒棒糖；到后来一把火烧了七只蜘蛛精的洞穴，他已经不会心疼，舔一口棒棒糖，不过是喜欢上了那一口甜的滋味，当作了奖赏。

猪八戒最后成佛的时候，舔光了最后一口棒棒糖。每天好吃好喝好生活，竟然怀念起了那支棒棒糖。叫人去买，总也买不到对的。用他净坛使者的身份去找当年的那只小妖精，也找来找去找不到。

有一天无聊去斗战胜佛处坐坐，说起成佛的路，斗战胜佛说，那些个女妖精，心性都很奇怪，我是记得还有一只把自己化成棒棒糖的小妖怪的，你说奇怪吧。喂，师弟，你怎么哭了？

¤

流沙河

她急着过河，宽阔的河面，望不到尽头。渡口孤零零一只船，船夫衣衫破旧，面目愚钝，像是生来痴傻的人，被乡人遣来做这辛苦的摆渡人。

天色已晚，她不想冒这个险。

她在河岸坐了半晌，河面上滚着薄薄一层细沙，三千弱水深，她咬一咬牙，上了船。

船到河中央，船夫停了木桨，现出项下九个骷髅，一张脸已变得狰狞。她叹了口气，说，等等，我讲个故事，你听完再杀我不迟。

从前有个身份卑微的婢女，整日做些端茶倒水的杂事，一天又一天，时间过得飞快。直到有一日遇见了他，也是身份卑微的小官，沉默寡言的男子。若这世上真有一见钟情这回事，这就是了。可是一个婢女，跟一个不得志的武官，会有什么未来呢？即便是王母的亲孙女，尊贵的公主，爱上凡间的男子，不也要被捉回天庭？终日以泪洗面，只争得一年一会。

她眼睛望着他，忧烦着她的将来，没有明天的明天，心烦意乱间，打破了琉璃盏。她怔住，正欲下跪谢罪，他先她站了出来，眼睛望住天帝，说是他失手打破了的。

原是小事，天帝竟然大怒，当场绑了出去。皇帝的心，谁知道是怎么回事呢？

她赔尽笑脸，四处打听，终于探到他被贬入人间，已经面目全非。她要去找他，宫里的姐妹都劝她不要去，天上一日，人间十年，即使相见，他也是记不得一丝半毫前尘往事了。她执意要去，冒死偷下人间，一路风霜，终于寻到这条流沙河，只为见他一面。

他沉默了一会儿，问她，人间好吗？

她答，好。

他说，比天上好？

她答，比天上好。

他说，他于她，只是怜悯，他代她受罪，原是无心之举。他也爱人，不过是个男子，尊贵的男子，他们又有什么未来？

她说，好吧。

他便弄翻了船，化做一尾大鱼，吃了她。

此时天色大变，风卷云涌，他仰了头，安然受那七日一次，万箭穿心之刑。

¤

星 星

　　当公主突然出现在森林，那个住在橄榄树心里的妖精，还不知道悲剧已经开始。本来他可以做快活的树妖、草精，收集地底下的金子，教训说谎的顽童，可是他看到了她，他开始了胡思乱想。一场痛苦的单相思次第展开。幻想的火，燃烧、燃烧而欲毁灭。

　　一个英俊的王子出现，引去了她的心。

　　妖精用头撞地，却死不了，因为他是妖精，撞地，就钻进地里面去了。妖精投河自尽，也死不掉，因为他是妖精，投水，就漂在水上了。火烧不嫌痛，土埋不觉闷。

　　英俊王子露出了毒蛇的本来面目。公主发现了最爱她的是那个妖精。她痛哭了三天三夜，第一天哭，自己被欺骗，第二天哭，没有真正的王子真正地爱她，第三天哭那个妖精实在太丑。

　　她只好去爱妖精，她也没有别人可以爱。两个相爱的人莫名其妙地久久地看来看去。他们两个没有别的事情，也没有游戏好玩，就一天到晚，你盯着我，我盯着你，死死地看。

　　国王带着大军来到了荒凉的森林。公主得救了。

　　国王为了让公主忘掉离开家后的一切悲惨遭遇，从巫婆那里买来一碗忘忧汤。喝下了汤的公主，一觉醒来，庭院外面一片春光明媚，她高高兴兴地叫上小朋友去花园里荡秋千。

　　妖精杀不死，国王苦恼万分。巫婆从极乐西方取来一道符咒，贴在王国的须眉山上。这样一来，妖精便永远无法踏入王国半步。哪怕越过了国境线一毫米，也会头中打鼓，心里冒烟，肝肠寸断。妖精只能一天一天沿着国境线兜圈儿。

后来王国化成一颗恒星。妖精化成一颗行星。

¤

爱的现在

你为什么千辛万苦地离婚，娶那么一个没前妻漂亮还比前妻大的女人？爱吗？

爱是什么？反正我现在挺爱回家的，再忙也赶回家吃饭，跟她多待一会儿也好。

¤

小馄饨

有一年惠君去 N 城出差，惠君不喜欢 N 城，下了班就坐在旅馆里看电视。

有时候出去走走，旅馆门前的小街，走走，再走回自己住的旅馆。

经常下雨的 N 城，地上总积着深深浅浅的水洼，街两边不知道名字的树，树底下堆满了花。

惠君走来走去就会看到一个卖小馄饨的小摊，白发老奶奶，冒着热气的手推车。回家的前一天，惠君走到推车的前面，要了一碗小馄饨。

惠君望着老奶奶的手，很老了的手，捏起小馄饨来却飞快。生馄饨下到大锅里，老奶奶一边往碗里放虾皮和白胡椒粉，一边说，小姑娘不吃辣吧，可是放了胡椒会很好吃。

惠君点着头，不说话。

小馄饨端了上来，蓝边小碗，翠绿葱花，放了胡椒，真的很好吃。

惠君想起来奶奶还在世的时候，有一次放学回家走到了奶奶的房间。奶奶问惠君要不要吃点心，奶奶的煤球炉上热着一小碗小馄饨。惠君吃了那一碗小馄饨，那碗小馄饨的滋味，隔了这么多年，才知道。

¤

老鼠天蝎

有一年惠君去 N 城出差，惠君不喜欢 N 城，下了班就坐在旅馆里看电视。

接到一个电话，发展不太明朗的男生，属老鼠的天蝎座，长得也像老鼠。惠君到底有点嫌弃他，因为抽烟坏了牙，笑起来总抿住嘴，更像一个老鼠。

长得像老鼠的男生说，惠君你在哪儿啊？

惠君说 N 城出差呢。惠君说你要不要来看我？

老鼠男生笑着说，等你出差回来我再来看你。

惠君在旅馆前面的小街与他迎面碰上，已是傍晚，他穿着一件黑色风衣，包都没有带一个。

挂了电话就来了。他说，看看你。

惠君望着他，没有一句话。

就是看一看你。他说，这就回去了，还要上班，晚上要加班。

从惠君的城市到 N 城，高速公路，两个小时。属老鼠的天蝎男，两个小时来，又两个小时回去，一分钟的相见。

他们没有再见。

¤

爸爸不在家

慧姗爱上一个人夫，爱得深沉，成了病。

慧姗决心离开他，又割舍不下。慧姗不想拆他的家。不让别人哭，就自己哭。

终于有一天，慧姗打电话给他，答录机里是他五岁儿子的声音，爸爸不在家，有事请留言。

慧姗一句话说不出来，手中紧紧的话筒。

楼下的客厅，父亲正与他的朋友们聊天。慧姗父亲传统又严肃，从来都不浪漫，慧姗从小到大，没有见他送过一次花给母亲，看过一次电影。

父亲的朋友要娶一个新太太，年龄比慧姗还小的小姑娘，可是妻子很纠缠，不要房产也不计较人回不回家，就是不离婚。

父亲的朋友说，早就没有爱了，还要捆在一块，喝一口茶，叹一口气。

父亲不说话，父亲喝一口茶，不说话。

父亲的朋友说，我死活都要离婚的。

都没有人说话，一群中年男人，饭后喝杯茶。

慧姗坐在楼梯口，不知道是下楼还是呆在自己的房间，慧姗止不住地发抖，脑子里全是那句爸爸不在家。慧姗听到父亲说，爱是什么。

父亲的声音很低很慢，父亲说爱是一个家庭双方要背负的责任。

慧姗坐在楼梯口，哭成狗。

¤

TVB

家新你还没结婚啊?

她跟别人结婚了。

孩子呢?

孩子下个月出世。

别的男人怎么可以做你孩子的父亲?

发生这种事，大家也不想的。

她嫁了一个什么样的男人?

逼自己前女友打胎,给了五千块又要回来的男人。

那个前女友又是什么样的?

厂里的女工,过得节俭,储钱,要跟他买房,结婚。

你孩子的妈很有钱? 能叫他抛弃怀了自己小孩的女朋友,娶肚子里有别人小孩的她?

有钱。

爱情吧?

爱情个屁,穷的。

你不爱她,干嘛又跟她有孩子?

因为感动,她跟她前夫离婚那天是我生日。

因为感动,在她跟她前夫离婚也就是你生日那天跟她有了孩子。

对。

她为了你离婚?

本来就要离。

跟你有关系吗?

没。

你以后有什么打算?

有什么打算? 做人呢最要紧的就是开心。

¤

钟　情

大卫第一眼见到露西就爱上了她，一见钟情，如果这世间真有一见钟情的话。

也不是因为露西有多美，只是露西笑起来的时候，眉眼弯弯，嘴角都带着笑，像是前世里就见过似的。

自从接新生接到了露西，大卫再也没空替学妹们修电脑了，周末也不带学妹们去中国店买菜顺便看场电影了。大卫的心思全在露西的身上，大卫是真的想跟露西，大卫是认真的。

只是露西总是淡淡的，大卫的示好，都像是看不到。

大卫四处打听了一下，都说露西没有男朋友，国内的也没有。大卫便加快了追求的脚步。可是都得不到露西的回应，露西像是不认识他一样，明明接机的时候又是多看了他两眼的，他把她的行李送去宿舍的楼下，她也是说了感谢的话。虽然她致谢的样子也很淡，谢谢啊三个字，在大卫听来，无疑是天籁。

镇上只有一间小杂货店，东西既贵又少，店主傲慢，中国学生几乎不去那儿。只有露西常去那家店买东西，露西不会开车，也没有人载她去中国店。露西不像其他的姑娘，一个电话，把男生们支使来支使去。露西总是在傍晚的时候，一个人去，再一个人走回来，抱着大纸袋，里面装着罐头或者芹菜。

一个陷入爱里的男生会为了爱情做什么？谁也不知道。上届有个师兄听说国内的女朋友变了心，走去厨房拎了一把菜刀就去搭飞机，然后被机场保安按在了地上。这个段子，每一届中国学生都当大笑话来讲。

大卫不想成为笑话，从小就聪明透顶的大卫，小学到大学总是班长学生会主席的大卫，竟然也为了一个新生女孩，每个傍晚都去小杂货店转悠，傻傻地，顾不上店主的眼白直直地白过来。

大卫终于等到露西，提出帮她拎纸袋，被拒绝。

然后是第二次，被拒绝。

然后是第三次。

露西我喜欢你，大卫说。

我不喜欢你，露西说。露西抱着她的纸袋，这次是一捆胡萝卜。

大卫说为什么？为什么不喜欢我？我这么这么喜欢你。大卫其实长得不错，大卫也从来没有失败过，无论是学业上还是情感上。

露西竟然笑了一下，眉眼弯弯，大卫整个人都乱了。

露西说，你喜欢我什么？

小杂货店的街旁，一棵树下，天色有些暗了，树叶的阴影印在露西的脸上，美丽极了的黄昏，又说不出来的伤感。

你为什么喜欢我？露西又说，你凭什么喜欢我？

就是喜欢。大卫说，第一眼，就是喜欢，全是喜欢。

露西说我美吗？

美。大卫说，我眼里，你是全世界最美的女孩。

露西说我聪明吗？

聪明。大卫说，我眼里，你是全世界最聪明的女孩。

露西又笑了一下，暖暖的水汽浮上了眼帘。露西说，小学五年级的时候，我近视了，可是我不知道近视是什么，我看不清楚黑板，也做不了功课，班长就说你好蠢，班长说你蠢，全班就说你蠢，我每天早上都害怕上学怕到呕吐。我戴上了眼镜，我是全班第一个也是唯一一个戴眼镜的，班长叫我四眼妹，全班就叫我四眼妹。我睡前都哭，因为梦里全是四眼妹的声音。家里人把我转去了另一间学校，我仍然自卑又绝望，我总是一个人，走路埋着头，我的整个少女时代，我都以为自己是全世界最丑最笨的女孩。

大卫望着露西，大卫的心都要碎了。

露西停顿了一下，说，第一眼见到你，我就认出来是你，我永远不会忘记你的脸的。班长，你还好吧。

¤

段 子

1. 男人厌倦了同居的女人，提出分手，但是应允她可以带走屋子里最想带走的一件东西。于是，女人带走了他，装了整整四袋。

2. 男人厌倦了同居的女人，提出分手，女人收拾好了屋子离开，留下一个箱子，最后的礼物。男人打开衣柜，女人洗过熨好的衬衫，整齐地挂着，男人打开冰箱，女人做的饭菜，装在保鲜盒里，男人拿起手机，打给新欢。箱子里传来了手机的铃声。

3.男人外出狩猎，为怀孕的妻子寻找食物。已是末世，千疮百孔的地球，人类多数生得畸形，互相捕食为生。男人受了伤，拖着温热的猎物回家，妻子已经死去，趴在尸体肚子上啃食的，是一个小小的婴儿。

4.有一个老公要杀一个老婆，但是不是一次杀完的。他每天杀一点，每天杀一点，每天杀一点。

5.他厌倦了她，终于杀了她，尸体藏在地下室。已经一个星期了，他们的小孩都没有问过妈妈，他忍不住试探小孩，妈妈去哪儿了？小孩说，不是一直在你的后面吗？

¤

我们都是外国人

亲爱的苏菲雅：

你好吗？

今天是你离开中国的日子。我故意不去想，我故意让自己在今天很忙，我甚至吃了早餐。你知道的，我不喜欢早餐，可是今天，我吃了半个烧麦还有豆浆。后来豆浆冷了，J让我把冷了的豆浆扔掉。我把豆浆扔掉了。冷掉了的豆浆真的不好吃了。

可是天黑了，J又来对我说你回美国了。我没有说话。J说苏菲雅真的回美国了。J看着我的眼睛，J希望从我的眼睛里看出一点什么。可是我令她失望。她什么都看不到，我故意地没有回答她，就像我经常干的那样，我的眼睛只看着电视。电视里是海绵宝宝还有派大星。海绵宝宝说，我准备好了。

我们都喜欢的海绵宝宝。

其实你更喜欢芭比公主，我知道的，你说过每个公主都会有城堡还有黄金头发的王子。可是你不知道吗？我也是一个王子，尽管我的头发不是金色的。J说只要我把头发染黄，你就会喜欢我。我不相信她。她笑得邪恶，我不相信她。你真的喜欢黄金头发吗？

明天就是二月十四，我有巧克力还有棉花糖做的玫瑰。粉红色的棉花糖玫瑰，就像上一次J过生日时我送你的那枝，你独占了玫瑰，你甚至不让我也咬一口。你的脾气真坏。可是你都没有等到明天。

明天，你一定还在天上飞。我知道，你们没有直接到达弗吉尼亚州的飞机，你们不得不在任何一个地方转机，你一定很厌烦转机。我想是的。你说我出生的加州好，至少我不用转飞机。可是，弗吉尼亚不好吗？

你很喜欢说我们都是美国人。那是第一次，你搂着我的脖子，你说你只和我在一起，因为这里只有我们两个是美国人。你的热气吐在我的脖子上，我觉得痒痒的，我缩着脖子跳开了，我一定还甩开了你的手。

我和你不一样，我不愿意让别人知道我生在美国，我是生在美国的中国人。已经发生过太多次了，我不会说这里的话也没有人理我，我学会了这里的话，我又要回那里。一切从头开始。

我们又不是香蕉，J 说过这世界上有一些香蕉，因为他们的皮是黄的，他们的里面是白的。他们只在暑假回中国，也许暑假他们也不回中国。我们不是香蕉，我们很小的时候就回到中国，我们和外公外婆住在一起，第二年或者第三年，他们又把我们的弟弟或者妹妹送过来。我们不缺少爱，可是我们不能和他们在一起，读完小学之前我们都无法和他们居住在一起，他们总在电脑里说我们会是最棒的，因为我们有最好的数学和创造力，我们也不会忘记中文，就像他们期望的那样。屏幕里面他们的脸都是肿的，他们的脸为什么都是肿？回到美国，我们发现我们的 Townhouse 变成了 House，我们的 House 变成了更大的 House，他们说他们做这一切都是为了我们。可是，他们做的这些和我们又有什么关系。

亲爱的苏菲雅，你是真的喜欢你们家越来越多的房子吗？

我们都吃不下冰雪皇后的冰淇淋了，我不知道是为什么，是因为你要离开了吗？我们的邻桌是两个黄金头发，一个男孩，一个女孩，你看着他们，你说 Mia 你看到了吗？他们是美国人。Mia 说下个星期我们就要回到到处都是美国人的美国了。苏菲雅你总把人看出区别来，对我来说，人们都没有分别。J 说过一个刚到美国的中国人对同伴说，你看你看好多外国人。旁边的美国人说，你们才是外国人呢。是这样的苏菲雅，我们才是外国人，在美国我们是外国人，在中国我们也是外国人。

你说我们都是美国人都没有人理你了，他们都离开了我们，起初我们还在一块儿玩，他们都不见了。我是这么想的，他们起先礼貌，很快就厌恶，他们的心里面充满了厌恶他们就离开了。除了那一次，那个人反问我们，你们既然都是美国人，为什么又要在我们中国？你根本就没有理睬他，他是真的想不通我们的黑头发中国话还有美国，可是我认真地想了一下，都无法回答他。

我也知道，如果我不是生在美国，和你一样，又回到中国，你一定不会和我一起，可是，你已经这么孤单，如果你连我也没有了，你真的什么都没有了。我只是愿意和你一起孤单，不被理解，没有朋友。我们不是这里的人，也不是那里的人。关于我们的出生地，我只记得那个举着火炬的大女人雕像，你只记得大雪天里因为你的发烧 Mia 开了一夜车给你买到的樱桃。J 还说我记错了，那个有火炬女人的地方是我妹妹的出生地，不是我的。

我第一眼看到你，我就喜欢你。我想那是喜欢，是的。你很爱哭，因为你的眼角有痣。我第一眼看到你，我就不想你再哭。我想我会是那个让你一直笑的人。我们只看了一场电影，还有爆米花。J 说她看到我们在黑暗中笑。J 是不明白我们的，她是上个世纪的人，她甚至在看电影的时候睡着。

那一天，Mia 说喜欢我的竖纹衬衫。我很高兴你妈妈这么说，可是，如果你也注意到了就好了，你只是拎着你 Gymboree 的小马包。你仰着头，你从不丢失你自己的东西，白手套或者水晶皇冠。其实那是我第一次穿竖纹衬衫。

J 说他们不相信我是王子是因为他们从来没有看到过真正的王子。

J 是我妈妈，她当然会那么说。

J 说我得待在中国，直到我的中文足够好了为止。我的中文一直不好，如果我到了七岁我的中文还是不够好，我还忘掉了英文，我就没有地方可以去了。

请回信给我，如果你能收到这封信。

你的，

肖恩

¤

一瓶咖啡的旅行

她喝不了咖啡，一口就叫她血都涌上头，心跳得不能停。

他说醉咖啡的感觉是什么样的？她说好像醉槟榔。

他说醉槟榔的感觉是什么样的？她说好像第一次见到你。

他们分手以后，她才开始去咖啡店，从拿铁开始，到最后一杯 Solo，还是血涌上头，心跳得不能停。

她没有哭。

她问她的朋友，要不要还给他他送她的一条手链。一夜情的开始，她其实也没有长长久久的奢望，跟他在一起的每一天，都是挣来的。

总是去想那些亲吻和拥抱，没有哭出来，却好多眼泪。

她的朋友说不要。

她说为什么？

她在他那里还有一只耳环，他们曾经互相写字条，她写过亲爱的，他写过我爱你，那些字条被忘在酒店的房间里，他说算了，不拿了。她不敢问他那只耳环，她怕他说算了，随手扔掉了。

为什么不卖掉？你拿这笔钱去旅行，她的朋友说。

她去了屏东。

去恒春镇的路，一边是山，一边是海，一切都太美好了，她都看不到，想着他一下一下抚摸她的手臂，像是怕失去她，又真的丢掉了她。

过了万里桐，路边一间小小的农场，停了下来。白色花朵的小树，茉莉的香气，却是咖啡的树。

只开三天花的咖啡树，她想不到台湾也有咖啡树。农场的女孩邀请她摸一下生咖啡豆，潮湿的，有点绿色的新豆。

只是停一下的，却停了一个下午。

五分之四巴西五分之一哥伦比亚，深焙豆子，磨成粉，注入冷水，慢慢地搅拌，越久越苦，越来越苦。咖啡粉膨胀的间隙，她去到旁边的香草园，坐在柠檬草和百里香里面，忍不住地难过，无边无际的难过。

再搅拌一次，滤过的咖啡，加入冰块。不能喝咖啡的女人，亲手做一瓶冰咖啡。

她带着这瓶咖啡继续去往南边，南边的南边，会不会晴朗。

经过南湾，望得见核电厂的冷却塔，两座巨大的灰色圆柱。海水都是温的，海滩上的小孩和狗，夕阳落入了大海，她想的全是海怎么会说话风怎么爱上砂。

已经是最南，长长的长长的栈道，海蓝成三个颜色。

和他在一起的日子好像都是有颜色的，眼睛是亮的，贝壳是紫色的。

他爱我吗？她问她的朋友。

不爱，她的朋友说。

他爱过我吗？她问她的朋友。

有意思吗？她的朋友说。

她坐了下来，面朝大海，陆地之南，星空下的第一口冰咖啡，空荡荡的手指。她放声大哭了起来。

¤

再　见

他说你怎么只听陈绮贞呀？

她说因为她的每一首歌都会转弯啊。

他说《千与千寻》为什么要看十遍呀？

她说每一次看都不同啊。

他不再问那些蠢问题了。

她也不用再答蠢问题。

已经是三年前的往事，她去了台北，他成为前男友，这个世界上真的有一种东西叫作前男友的。

她记不分明九份的咖啡店、海岸线、望山的民宿，只有那些台阶，走都走不完的台阶。

也真的找不到千寻走过的那些街，《千与千寻》都看了十遍的，后来又看了十遍。

很多没有面孔的人停在半山拍照，一张又一张，好像无数张牙舞爪的无脸怪。她只觉得蠢。

那些夜深下来更红的灯笼，转角的茶店，到底只是一部悲情城市，与千寻又有什么关系。

能够看二十遍动画片的过去，也真的回不去了。寻找自己名字的故事，并不低过一个时代的故事，一个人的故事，也是一个时代的故事。只是回不去了。

她去十分放了天灯，回台北的路上，她吐了。路太崎岖。

她以为过不去的思念，到底也过去了。不过三年。

她想着要回来，她也没有觉得自己是要一直留在台北的，忠孝东路的人群，滚热的太阳。台北不是家。

她回来了。她想过再见面的时候她会问他，你爱过我吗？他会问她，那么你爱过我吗？她没有问，他就没有问。只是一个拥抱，柔软又亲切的拥抱。

她说还好，你一直在。

他笑笑。

他说我下个月就走啦，我要结婚了。

她看着他。

她说哦。

她从未说过分手，可是他们是分了手的吧。她曾经跟新的朋友们提起他，用的是前男友这个词。

谁都没有讲出口的分手，他们仍然会通电话，她在电话里拜托他一些琐碎的家事，她不需要说出来除了他她又没有别的人可以托付。可是，如果她的离开也算是一种分手。

她说哦。

她说那你爸妈呢？

他说我不会去那么远啦，像你那样，周末我们还是会开车回来。他的眼睛也是笑着的，他说，你呀，太远啦。

她突然觉得，刚才的那个拥抱，他是胖了。

她突然觉得，他的离开，是永远的。

她想起来她的一个新朋友约她在傍晚饮一杯酒，她的朋友说爱过又隔了多年再见面的男女，没有一个爱字的对话，只是一句，你爸妈身体还好吗？原来这才是爱，他妈的真爱。她的朋友要了一杯不加水的烧酒，那一杯酒过后，她的朋友痛哭起来。

在朋友痛哭的时候，她望去玻璃的窗外，烧起来的红云，明天一定会很热。

她说还以为你会一直在。

她说想不到你走。

她说我不知道说什么好了。

他看着她。

他说我怕我爸妈孤单，给他们养了一只狗，也想给你爸妈送一只过去，他们说不要。

他说就给你爸下载了一堆歌，也不知道他满不满意。

她说谢谢。

前男友做成这个样子，不知道是太成功还是太失败。

可是他要离开了。

她后来又去了香港，这一次不知道是三年还是十年。

他结了婚，有时候回去，和父母吃一顿饭，和她的父母吃一顿饭，或者和父母们一起吃顿饭。他拍菜的照片发给她，她回复他一个微笑。

她从来没有见过他的妻子，他的父母一直不接纳那位妻子。他说他又能怎么办呢？他的妻子又没有过错。

他说这样的话，她又觉得是负担。很深的厌倦。

有的前夫还是家人，有的前男友倒也能够成为家人的。

她约会了几个人，有一个人很打动她。他说每一个人都有一条自己的河，每一条河都拥有一个能够记住他名字的人。这个人后来不见了。

她后来想起来他能够打动她，还是他说过的记住名字的河川。

千寻年幼的时候掉在河里，河神赈早见琥珀主救了她，后来在神隐之地，他又救了他。千寻当然也回报给他，救来救去，血还有眼泪。他们说是爱情，她不这么觉得，当然也不是友情。这世界上的情那么多种，分不清楚。

千寻说我们还会再见面吗？他说一定会的。

夏天，她去了吉卜力工作室在香港的手稿展。她才知道，人物和景物是分开来画的，就像拍一场真正的电影。

　　太多排队的人，她才知道，宫崎骏还有小王子对香港人来说是这么重要。

　　展场的角落，很多人画自己的小画贴在墙上。她画了一只煤炭鬼，孤独的煤炭鬼，望着天，大眼睛。她踮起脚尖，把那只煤炭鬼贴得很高。

　　展览结束的前一天，她又去看了第二遍，她几乎忘了她画过的小画。夏天终于过去了，她的生活没有改变，她想着要离开。香港不是家。

　　墙上已经贴了好几层画，密密麻麻，她的画仍然很清楚地贴在最上面，只是旁边，多了一张陌生人的画，眼睛更大的另一只煤炭鬼，很细致的绒毛。这只煤炭鬼靠着她的煤炭鬼，细细的环绕的手臂，像是一个拥抱。

　　于是，她想起来，她欠他一个正式的说出来的，再见。

¤

星星不见了

　　她还记得他说过的，你看那颗星星，很亮是吗？她往窗外望去，满天的星，她说是啊。兴许她并没有去看那些星星，她只是和他待在一块儿，什么都不想什么都不说地呆一会儿。可是他说她你知道吗？也许那颗星星早已经没有了。她说为什么？他说因为那些星星离我们太遥远了，它们的光到达我们这里需要几百亿光年，我们现在看到的它，其实是很久以前的它了，甚至是已经消失了的它。她说真的吗？他笑了一笑，没有再说话。她走过去放下了百叶窗，窗前巨大的书桌，桌上的照片是上次爬山时他拍的她，长发，笑得像花。那颗星在百叶窗的外面，闪闪发光。

隔了七年，她仍旧记得那扇窗，窗外的树，树下铺着的碎木屑。隔了七年，她仍旧不愿意去想，眼前的爱兴许也是错觉，可是要花好多年才明白过来。

其实这样一个工科的男生，他说那是一个已经不见了的星星，那就是一颗不见了的星星。他说地球内心炎热，那么地球的心就是很热。他说的都是自然科学，再没有别的意思。

可是隔了七年，这两个男女，再没有关于星星的对话。他们的窗外，不再是一楼的木屑地，树，会从窗台爬进房间的蚂蚁。他们在一起了，可是几乎一句话都没有了。

她收到他的短信，他说晚上的约会，订了一间旋转餐厅。她回复说收到了。大概是相处得久，电话也可以省了。

每个月末的夜晚，是他们的约会之夜。

巨大圆形的透明餐厅，看起来是完全不动的，坐下十分钟，抬头，才突然发现窗外的景物变化。很慢地动，也是动。

他们的约会，从来都是旧馆子、午夜场，或者爬山。这样的安排，高处旋转的餐馆，墨绿桌布和橄榄油长颈瓶，是很少见的。浑圆的一圈桌椅，坐在哪里都是正中间，她坐着，眼看着天暗下来，脚下星星点点的灯光亮开，像坐在了半空。

她突然烦躁。这个缓慢旋转的餐厅，奇怪的地方。她就想起来他说过的那颗星星，七年前了，竟然记得清晰，像刻在心里。

那一夜过后，她应该再没有凝视过星空。城市出生的女孩子，童年记忆里的天空，也不过是重重高楼顶挤压的方形空格，灰茫茫的一片。

一页书翻完，听到他的声音。

喝的什么？他笑着问。

铁观音。她轻声地答。总是铁观音，喝了许多年了。书页前是透明的壶和杯，像缩小了的旋转餐厅。两人的目光都凝到那套玻璃的壶，不由苦笑，因着这默契，她便觉着这世界上也没有第二个这么适当的男人了。也只是一瞬间。

他没有再说什么，坐了下来。她看到他还挂着公司的磁卡，探手过去替他取下，蓝色的小卡片，背面已经磨得模糊。这动作像是每次约会前都要做的，做了千遍，可是不厌倦。她心里一动，电影里总有妻子给丈夫打领带，早晨清淡的日光，面对面的男女，丈夫的脸总掩在竖领里，妻子总要掂着一点儿脚。那样细致的小家庭的亲密。可是每天每天都要做，会不会厌倦？

又加班？她问。他点头，微笑，疲惫的眼睛。她想起来他们刚刚相识的时候，青涩少年的约会，没有晚餐和电影的余钱，两人借着下棋的由头坐了整夜，那一夜，每一个子都落得谨慎。他们到底也只下过一次棋，他说白子是日黑子是夜，那时候他还年轻，笑起来都没有皱纹，光洁新鲜的脸。

服务生递来菜单，她和他接过酒单，只放在手边，动作太一致，也像是老夫老妇的默契。他们都不喝酒，即使是毕业的那一天，那帕谷的一日游，人人都买酒，他们也没有为即将进入的这个世界买过一瓶葡萄酒。兴许是奇怪的，他从不抽烟，更不能喝酒，他大概只爱读苏东坡。这样的一个男人，像是活在古代。

那个夏天的夜晚，他带她去荒野，大风里她搂紧自己的外套，头发都乱了。他说我以前来过这里，独自一人。我想过，以后有了爱人，要带她来这里。我觉得美的，她也会觉得美。

荒凉的山，还有海湾，她没看出美来。可是她说，嗯，美。

想什么？他问，你看起来不大好。

也没什么。她答，抬眼看了他一眼，说，不过是一盆熏衣草，买来后疯长，想要换个盆的，突然就一片都倒了，死了。

他说哦。他是不懂花草的人，只好说哦。

我在想，大概是前些天的雨，要么是用瓷盆的原因，四面不透气，根都烂了，闷死了，她又说。

他说那再去买一盆吧。

她说不要了。

出了门她才发现他换了车，也不过一日。这么细水长流的人，怎会突然换了车。她转头看他的脸，他没什么表情。

她上了车，安静地坐着，她从来都是问题很少的女人，除了问过那次为什么？为什么我们会看到已经没有了的星星？

开出去好一会儿了，终于忍不住，说，你换了车？

是的，换了。他回答得简短。

她不再说什么，前些年总以为他要求婚，也不知道是哪一天，一定是突然的惊喜那种。就是梦里，也把那场景演了无数遍，每一遍都是跪地的求婚，蒂凡尼的戒指。

隔了这许多年，年纪都大起来，她结婚的心思也淡了。在一起，久了，也不过是没有婚书的夫妻。

车是太新了，很重的气味。她下了一点窗，凉风都灌进来，她赶忙又闭紧了窗。纯黑的别克，玻璃是茶色的。

你真的不记得这台车了？他突然说。

什么？她说。

还在学校的时候，他说，有一天我们一起看电视，有一支这台车的广告，你说将来我们也买这样的车，开到山顶看星星。

她确实记不大真切了。那支星星广告其实只播了一次，前几次都是一个不美但是精瘦的中年妇女把大包小包都塞进广告车，全部塞下以后，她又往车座底下塞进了她的包包，她高兴地说，我又能买菜又能送孩子。

她竟然更记得这个广告，她就看得到自己的将来。这样短头发，瘦，可是精力旺盛地，开着又能装菜又能装孩子的车，跑来跑去。

至于看星星的汽车广告，那女人粉白的脸，小礼服，手里端一杯咖啡，即使广告车在山路上横冲直撞，直到山顶的悬崖边上，她的咖啡也没有洒出来一滴。然后天窗打开了，窗的缝隙中星星们挤在了一起。开车的男人说亲爱的，你要的，星空下的咖啡之夜。于是女人绽开笑颜，鲜红的嘴唇。她并不嫉妒这样的人生。

她笑了一笑，她说过的那些开车到山顶看星星的话。他竟是为了那一句话，抑或那个自动开启的天窗，买了这台车？

他停下了车，她往车窗外面看，似乎是已经到了先前一起爬过的一座山前。模糊的，什么都看不真切。

她听到他说我们结婚吧。

¤

二零零零年的流行歌曲

他们一年只见一次。每一次见面，他或者她，就得连续飞行十个小时。

三月，他飞了十个小时，去看她。他们挽着手逛唱片店，她喜欢和他在一起，可以不化妆，可以穿布鞋，可以吃素，她喜欢和他在一起。她买了陶晶莹五年前的唱片，她记得她五年前的样子，蓝旗袍，细眉细眼，像狐狸。他说他要买一张《美国美人》带走。她不要他看《美国美人》她要他看《海上花》，侯孝贤的《海上花》，里面有伊能静。伊能静在《人间四月天》演陆小曼，她也喜欢陆小曼，后来一切都变好了，她喜欢她。

他走了以后，她突然觉得，天都黑了。

在他往回飞的时候，她守着电视思念他，陶晶莹唱了《姐姐妹妹站起来》，然后是朱少薇，难以置信，她居然唱了一句，我们隔着一个海洋，怪只怪我不能飞翔，飞到你身旁。她就坐在沙发上哭起来了，他那么远那么远啊，他们就是隔了一个海洋。即使她可以飞翔，也不可以飞十个小时，她会累死在海里。

朱少薇唱完谢霆锋唱。谢霆锋不假装冷酷的时候就会很孩子气，笑起来羞涩，像小表弟，他的头发遮住了他的脸，他的很酷的眼神斜扫过来，像一把冰冷小刀，冰冷冰冷的。她又笑了。他说他在春节联欢晚会看到谢霆锋结婚了，挽着他的新娘，又文雅又幸福。她说你真傻，谢霆锋当然不会在春节联欢晚会上结婚，他太小了。他说谢霆锋已经不小了，他和我们同年，应该结婚了。也许老了就应该结婚了，她的朋友们告诉她要爱父母，要结婚，要生小孩，当她也这么想的时候她发现她在恋爱了。她想和他在一起。

她在范晓萱唱《深呼吸》的时候喜欢她，可是后来她有点茫，不知道唱什么好，再后来她开始唱《我要我们在一起》，尽管她仍然茫，她又重新开始喜欢她了，也许是因为李泉。美好的句子，我要我们在一起。

一个人的朋友圈

¤ 我停留在香港，不知道会到哪一天。

¤ 只需要撑过零点，就可以不用睡了；只需要撑过饭点，就不会再饿了。

¤ 每天早晨五点四十五分要起床，每天，这个点还要在这里浑，有时候浑到三点。我该是有多狠心又不甘心。

¤ 要是每个人都来写一下自己呆过的作协文联，报社杂志社编辑部，都会是一个长篇小说。每个人都不写，大家都还要做人嘛。

¤ 为了治牙痛，喝了半瓶酒。牙更痛，胃也痛了半宿。

¤ 夜深，酒醉，病痛，猫，老妇人。我就缺个猫了。

¤ 没有神经的牙，为什么还会痛？

¤ 我想起来了。我也是写小说的。

¤ 梦见一堆人爬山。爬到一半休息，领头的给坐对面的姑娘买了一罐雪碧。我忍不住对我旁边的姑娘说，我喜欢你。

¤ 兔，偏冲太岁，是非缠身，小病困扰。

¤ 水瓶爱自由。

¤ 现在和爱的人一起生活吗？

¤ 做了温暖的小梦，醒来冰凉。还是不要醒过来的好。

¤ 为什么我一评论就自动转发，为什么我一洗头就下雨，为什么一有人看我，我就眩晕两秒。这是真的。

¤ 洗衣机坏了，所有的东西开始坏了，我也一点一点坏了，不能修，也不能换个新的。

¤ 果然惊蛰，什么蛇虫百脚都出来了。

¤ 我这样的人，总也分不清楚方向，我早就没有心了，我还有点情感，可是我再也没有对我童年以后去的地方产生情感。无论那些地方富裕或者贫穷，无论那些地方有没有住过我爱的人。你对某个地方产生的情感，不过是因为那些与你有关的事情，那些你对你自己的回忆。

¤ 在新加坡领事馆大门口踩到一块口香糖。

¤ 突然醒过来。gmail 里有人问我，你还存在吗？我说在。可是，我在吗？

¤ 前些年因为呼吸困难看家庭医生。医生正怀着孕，说我抑郁。这些天我又开始呼吸困难，打电话找那位医生。他们说她已经不在那家诊所了。我还有点想她。那么我自己写点作吧，抗我的抑郁。

¤ 旅游最恐怖的事情就是会看到梦里出现过的房子和事情，那个场景。

¤ 原来真的会忘记一些事情，别人说起，都像是在听别人的故事。

¤ 昨夜听到一个动人的故事，就这样看着天亮，反复地想那些别人的瞬间。

¤ 无法补回十年的阅读，也无法再写作了，请原谅，我这样了。

¤ 相爱过的两个人，隔了十年再见，不是问你还爱我吗你还恨我吗分手的时候为什么打得那么凶啊？而是说，你还好吧你爸妈还好吧？我飞，真爱啊。

¤ 头一次听说写作原来是造业。写情写爱，迷惑世人，造了没有好姻缘的业。

¤ 我梦见香港下雪了。

¤ 大改一个十二年前的短小说，比写一个新的困难多了。仍然要改，不改对不起我自己。别人有陶醉品，我不烟不酒只消耗自己，我对我太不公平了。那谁谁谁说你去烟啊你去酒啊，我就要了一口咖啡 solo，马上气就上不来了。手一直抖，撞上了花台，手还在抖。这个世界是公平的。

¤ 有一个人，我只有他的雅虎中国邮箱地址。雅虎中国没有了，这个人再也找不到了。face book 要是没有了，很多人也没有了。

¤ 什么晚上啊，每个人都醒着。

¤ 信就是可以留下来。这些私信啊微信啊都留不下来，字太多了。刚才翻旧信才知道生活不是比写作更重要吗？这句话是你对我说的。

¤ 跟一个人互相取关了很久了。还是经常想起来，越想越生气。

¤ 贝斯是低音的吉他。

¤ 一个人。

¤ 我是你的百分之一，你是我的百分之一。

¤ 这两天太累了，好想谈一场恋爱。

¤ 不写是孤独的。

¤ 看了一下我以前的小说，发现使用频率最高的一个词是，不见了。

¤ 一天又不见了。

¤ 写了一个很奇怪的小小的小说，不知道还能给谁看一看。我才发现，我已经没有写作的朋友了。

¤ 一本随笔写了十四年，从青年写到中年，挺凄凉的。

¤ 身边全是剩女和渣男，好男好女都去哪儿了？

¤ 我好像好了。时间都不见了。

¤ 坚硬的男人挺多，高贵的几乎没有。

¤ 苹果指纹识别好啊，等老公睡着了，拉过他的手这么一划拉，开机了。

¤ 修饰自己为了得到爱的女人，不知道是赞美还是悲伤。

¤ 原谅我错过你。

¤ 以前在宣传部上班的时候，对面有一间中学，每天午饭后的时间，走去那里的小图书馆看书，就这样读完他所有的小说。那些书都很旧了，纸页单薄，就是这样，下午凝固了的日光。

¤ 中年人的爱情是鬼。从来只是听说，没有见到过。

¤ 刚才做了一首诗，我真的是好久没有觉得我是这么棒了。

¤ 有个女朋友说下周有空找我玩，老公要去澳门出差。然后另一个女朋友电话我说她下周休假，要跟情人去澳门玩。我总觉得哪里不对啊。

¤ 船要开去地质公园，那儿的石头都风化成了菠萝包。阴天，风浪有些大，船身颠簸。我以为我会马上哭出来，可是没有，一滴眼泪都没有。

¤ 十五六岁，春天的晚上。

¤ 为什么有的人内心冰凉，却总能说出很感动人的话呢。

¤ 我一直这么想的，以后我们都很老了要住在一起。谁也不是谁的老公谁也不是谁的老婆。小孩们有空了就来看看我们，不看也可以。

我们每天笑啊笑啊一直到走。对了，我们每个人都要挂一条项链，
上面写着不要抢救。

¤ 请问灵魂伴侣是什么样的？有人见到过吗？

¤ 精灵长生不老，只好心碎而死。

¤ 这个晚上好诡异，每个人都醒着。

¤ 我喜欢的女孩都是这样的，一直一直说啊说啊停不下来。

¤ 棉棉的节奏是她心跳的速度，塞宁的节奏是她唱歌的速度，我的节
奏是我说话的速度。我就是这么想的。

¤ 是谁说喝了酒好写作的？还炒个蛋。喝了酒只好去睡觉。

¤ 有只瓶男约我小说，我说没有，要么连夜写。他说那你连夜写啊。
我就连夜写，写好了。瓶女的世界还是需要瓶男的，神经病总是能
够在人群中准确地找到另一个神经病。小说我给别人了。

¤ 长得这么有气质，照片都没有，编辑只好把一张照片分成两张用，
上周右脸，下周左脸。

¤ 编辑全是八零后了，太气人了。

¤ 如果我有一个灵魂伴侣的话，如果，他或者她现在也应该醒着吧。

¤ 我会是坚定的手机摄影师。

¤ 传说中每天早晨六点排队才买得到的饼干，什么滋味值得你站两个
小时啊亲爱的。

¤ 谁来看看我，我会带你爬一下山。

¤ 水瓶是人类吗？

¤ 有一个妈妈对一个发脾气的小孩说，有个小孩跟妈妈出去旅行，突

然刮来一阵风，妈妈飞走了。

¤ 所以谁都不知道明天会发生什么，所以谁都没有明天，所以珍惜每一天，把每一个今天都当作最后一天。

¤ 不吃饭，不睡觉，谈恋爱，肯定瘦。

¤ 手机掉地上了，钱包忘餐馆里了，旺角东到九龙塘有人入铁轨了。闺蜜在 Newway 唱啊唱啊，还非要跟我的长得很像李亚鹏的男闺蜜视频。我搭错电梯了。

¤ 冷。

¤ 有一个人很喜爱他的情妇，又不能同太太离婚，就应承情妇说不再碰自己的太太，不叫情妇伤心。这一年冬天很冷，太太每天每天都觉得很冷啊很冷啊，然后就冷死了。

¤ 删过一次微博，做了温暖的小梦，醒来冰凉，还是不要醒过来好。为什么删呢？怕别人同情吧。很多二货是这么说的，开空调。

¤ 如果很想跟一个不合适的人说一些不合适的话，就去说吧。说完手指往上一滑，语音就不见了，反正你说也说了，比两分钟内撤回好用。

¤ 一直想要给大家群发一个句号，可是群发键在哪儿呢？

¤ 写恶是不是有恶的回报，写是不是因果？

¤ 每写一个字都是罪。

¤ 天文台发出了强烈季候风信号，衣服还没有收，牙仙女还没有来，对面的邻居已经挂上了灯，闪啊闪啊闪到圣诞节。我又睡不着了，圣诞快乐。

¤ 安眠药总是自己先睡着了。

¤ 我小时候读了一堆很棒很打动我的故事，所以到了后来，再也没有故事可以打动我。而且我长大以后的故事，也都没有那么棒了。

¤ 一辆停在时间缝隙里面的巴士，巴士里的人很焦虑，说来说去。我忘记了结局，应该也没有结局，那辆巴士永远地停在了那里。我看了《那夜凌晨，我坐上了旺角开往大埔的红 VAN》，我又看了《白日梦想家》，所以这个下午我听了两遍《Ground Control to Major Tom》，在这两部完全没有联系的电影里面。

¤ 你康复了真是太好了。昨夜梦见我俩在海洋公园吃玉米，喝鸡尾酒。

¤ 冬至，好多年没有吃到胡葱豆腐了。香港人吃汤圆。

¤ 早安，香港的十度会把人冻昏的。

¤ 今天有好多人会在天上飞。

¤ 眼泪太烫了是不是因为冬天太冷了。

¤ 说好的 2015 年要开始写作呢？过去十五天了，一个字没有写，再想想，反正过去十五年都没有写，就不写了吧。不写也挺好的。

¤ 一个诗人对我说的，诗人比小说家认真，诗人会为了诗争吵，小说家之间不说小说。我不知道怎么回复啊，我完全不懂诗的。

¤ 昨天有人问我在干什么？我说写散文。对方说，你老了。

¤ 梦到坐云霄飞车没有系安全带是什么意思？

¤ 我每次过桥就想跳下去，每次吃火锅就想把手机放进去。我知道你们也是这样的。

¤ 昨夜终于写完了《夕阳码头》，一千字的小文，去年写到今年。刚才又看了一遍，竟然笑了，头一次看自己的东西看笑了。太好笑了。

¤ 我以前很害怕说我喜欢我这种话。我一定要学会爱我自己。

- 我以后不要跟失眠的人做朋友了，失眠会传染的。

- 明天的明天才是晴天。晚安。

- 我曾经用雨过天晴去形容过一个人。然后这样的人再也没有了。

- 天真一下，爸生日快乐。

- 我爸说看了《小说界》那个小说有点感动。我说为什么啊？现在想想，是小说中的父亲对女儿说的，你要幸福。昨天爸爸生日，拍了一张笑的照片。我很久很久不笑了，我笑起来就好了。不是天真是幸福。很抱歉生日和过年都不能回家，我努力幸福下去吧，做最好的礼物。

- 我有一个认识了七八年的很好的男朋友，和一个认识了七八年的很好的女朋友，今天第一次带他们见面。然后女的送了男的一个面包，然后男的拍了女的一下。然后我觉得我被全世界抛弃了。

- 如果有一个人每天早晨对你说早安，每天睡前对你说晚安，不要以为是爱，他当你是打卡机。腊八要吃粥，别忘了。

- 如果你还要继续工作，就不要让眼泪毁坏你的眼睛。你应该往后仰，使劲地，泪水会倒流回去。这是真的。

- 瘦到可怜自己。

- 无名指比食指长的人，会出轨。

- 每天早上起不来的时候，就希望老年快些来。

- 刚才被一个老奶奶拦下来问今天星期几，肯定是因为我长得可亲。

- 从这个傍晚开始，我决定进取。多拍照，多写字，再也不爱来爱去了。

- 因为童年时的朋友又回来微信，已经对朋友圈厌倦的我又愿意时常点开来看看，她的房子盖到哪一层了，她对花样的选择？就是收到果子的礼物都想叫她来看一看，分一个给她，就像我们的小时候。

- 每次想点赞就想起来有个姑娘拉黑我是因为我点她太多赞了。忍住。默默地赞。

- 好想抱抱你，把感冒传给你。

- 你若在线等，我便连夜写。

- 跟师奶们聊天，我说何必费尽心机去翻老公的钱包，查老公的手机，只要深更半夜老公熟睡了以后，在他耳边喊一句，你老婆来了！有人提出来说，为什么要喊你老婆来了，为什么不是喊我老公回来了。大家就笑啊笑啊笑啊，突然都沉默了。

- 为什么会开始看《八月心风暴》或者《Olive Kitteridge》？她们说过了四十就是那样了，四十岁以后的每一天都一样。很高兴生日过后我还是三开头的，我会把每一天都过得不一样。另外，请不要再在早上追问我写了什么，这让我在看白日电影的时候有犯罪感。

- 面包为什么要有皮？

- 离开台湾竟然很高兴，可是想到回的是香港，又有点高兴不起来了。

- 其实是很小的事，可是我的世界都崩塌了。床单买小了。

- 整个二月都在玩，一月好进取，写了一千字，三月我真要上进啦，三千字，必须的。

- 我是不是说过三月我要开始写作了？我当然没写啦。我组了一个同学群，不知道会拆散几对。

- 今天我写了五百字，太努力了，饭都没吃，被我自己感动到了。

- 为什么大家都不睡呢？

- 因为往事太悲伤了。

- 我还很年轻的时候，去一个女孩家玩，斜顶洗手间还有露天的大阳台，木头做的地板。她说这个阳台是不是好棒？可以看着星星做爱。然后我都要哭了。我觉得我这一辈子都不会有她这么棒的阳台了。

- 我还年轻的时候，接受不了那些四十岁的老男人不肯同你结婚生小孩。今天才知道，原来是因为小孩三十岁的时候，他们就该走了。

- 讲个故事吧。男人厌倦了同居的女人，提出分手，但是应允她可以带走屋子里最想带走的一件东西。于是，女人带走了他，装了整整四袋。

- 讲个故事吧。男人厌倦了同居的女人，提出分手，女人收拾好了屋子离开，留下一个箱子，最后的礼物。男人打开衣柜，女人洗过熨好的衬衫，整齐地挂着；男人打开冰箱，女人做的饭菜，装在保鲜盒里；男人拿起手机，打给新欢，箱子里传来了手机的铃声。

- 讲个故事吧。男人外出狩猎，为怀孕的妻子寻找食物。已是末世，千疮百孔的地球，人类多数生得畸形，互相捕食为生。男人受了伤，拖着温热的猎物回家。妻子已经死去，趴在尸体肚子上啃食的，是一个小小的婴儿。

- 居然去嫉妒一个男人喜欢另一个男人，还气哭了。我怎么了？

- 我想写个《杀妻记》。就是写一个老公要杀一个老婆，但是不是一次杀完的。他每天杀一点，每天杀一点，每天杀一点。

- 我挺爱半夜里在我的童年伙伴群讲鬼故事，经常讲到我自己睡不着觉。他厌倦了她，终于杀了她，尸体藏在地下室。已经一个星期了，他们的小孩都没有问过妈妈。他忍不住试探小孩，妈妈去哪儿了？小孩说，不是一直在你的后面吗？

- 上午还在笑别人用户口本搭飞机，下午就因为眼皮跳要来看医生。

这个世界一点儿也不魔幻，全是小陷阱。

¤ 我经常会觉得很多作家的创作谈比他本人的创作好太多了。

¤ 我喜欢的人，她发个句号，我都要去点赞。

¤ 好看的电影和书，我也不舍得看，一直一直留着，后来就忘了。

¤ 我一个唱歌的朋友去打鼓了，我一个打鼓的朋友去拍照了，我一个
拍照的朋友去写小说了。我干点什么呢？我所有写作的朋友都去画
画了。大家都不耐烦了。

¤ 我有一个写文学评论的朋友好久不写文学评论了。我问他在干嘛？
他讲写艺术评论。我说艺术评论有什么好写的？他说，钱多。好想
给他接下去，钱多，人傻，速来。

¤ 过了关，落马洲到大围，无边无际的寂寞。

¤ 国内短小说的位置真是太低下了吧，据说短小说不是小说？而且
欧·亨利写法很被鄙夷的？林老师说的，结尾非那么挠一下。我说
结尾不挠一下？从头挠到底吗？

¤ 我一直在想挠一下和大反转的问题，李老师昨天说的动力结构的设
定，为什么是棒棒糖，为什么不是西瓜，拖鞋，白袜子……我是觉
得我已经尽力了，很努力的《剑雨》和很努力的《绣春刀》也不过
挠了一下，有谁能够每篇都大反转呢？欧·亨利也是唯一的。

¤ 哭得不行，肉丸子还带汤。

¤ 我觉得有的损友真是太过份了。我跟她讲昨天才看《黄金时代》哭
成狗，我就是这么表达一下，她说，狗会哭吗？

¤ 亲爱的，去帮我拍个木马好吗？我没有空。好的。我的要求是黄昏，
旋转的，马。好的。为什么每一张都一模一样的？你就是站在那儿

一动不动？木马转起来的时候你就开始拍？拍了一百张？直到木马停下来？是的。好吧，谢谢你。不用谢，一百块。

¤ 感觉他在喝酒，感觉他也在喝酒，好奇害死猫地问了一下，果然他们都在喝酒。所有的人都在喝酒。

¤ 五行缺爱。

¤ 查了一下我的朋友圈，发现用的最多的是：干嘛，是吗，好吧。

¤ 想她就告诉一棵树。

¤ 总是留恋过去的时光，是不是一种病。

¤ 每次听到有人说举个例子，脑子里就会砰的一下出现一只松鼠，头顶上顶着一粒栗子。

¤ 每次照大合影我就在想《亲切的金子》。

¤ 有人在朋友圈贴了前男友的动向，看着好陌生，好像不认识一样。世界上竟然有前男友前女友这种奇异的生命体。

¤ 有个朋友发朋友圈总是要打马赛克，我总是想知道为什么。

¤ 妙彤，我们去苏州，你想吃什么就买什么。

¤ 杨子说的，没什么可送你的，就一起旋个木马吧。然后圣依就昏倒了。

¤《何以笙箫默》的第一集，女主的同学对她说，你还是这副虚情假意的样子，怎么舍得从金光闪闪的美国回来了？看得我后背寂凉。

¤ 你的大饼脸撞到月亮了吗？月亮痛吗？

¤ 每次推拿的时候我都会想起来年轻时候在连云港吃过的一道菜。绿色的虫子，用擀面杖压出它们的肉，加蛋，煎成饼，绿色的饼。

¤ 旁边坐了一对富豪，竟然要了四个小菜。女的正要吃面，男的说，慢着，先喝两口清汤。对的，我打了港铁的去深圳吃兰州拉面。

¤ 梦见一幢新闻大楼，不知道有几层，所有的朋友都说自己有事忙，扔掉了我。我在楼里乱撞，曲折的回廊。一层厨房，刀，生锈的石头，血迹斑斑。

¤ 她叫我站在楼下的弄堂口，后面是一根电线杆木头。她说我们要等一辆过路的车灯。等了好久好久好久，我光着腿，冷得要死。我说你爱他吗？她说你爱他吗？一辆出租车开过来，她按下了快门。

¤ 为什么要在半夜里哭呢？这个世界其实太不好玩了。

¤ 对面坐了一个老奶奶，买了一盒一田的西瓜当下午茶。好幸福的老奶奶，看起来好好吃的西瓜。

¤ 我 24 岁的时候觉得一切都糟透了，应该马上去死。努力活到了今天再回头，跟现在比起来，24 岁真是太法克特美好了。

¤ 有多少女孩是像白雪公主杀人事件里的城野美姬那样长大的。实际上我一直想杀了我中学时候的班长，那些漂亮的坏女孩一路践踏着我们长大，她们现在都活得好吗？

¤ 起风了。住在这里六年，第一次坐在阳台上写字，我为什么要嘲笑邻居坐在阳台上打边炉呢？这么美好的阳台。

¤ 我今天还做了一件以前从来没有做过的事情，坐在阳台上吃瓜子，一直到天黑。

¤ 什么都没干的一天，都不好意思睡觉了。

¤ 某人又跟我分享他写的字，又不肯送给我。我只好跟他分享我家大门口，反正也不用送给他。

¤ 我在给我的朋友翻译她的一个短小说《他老婆在他旁边的时候打电话给他》。实际上这已经是我翻译的第二个东西了。我上个月翻译了一个艺术评论，希望你们很快就可以看到。我觉得什么都做一点会让我好起来。

¤ 感谢《山花》刊发我的超短篇《我们都爱短故事》。我对写作短小说的态度是这样的，如果你是个每天都要回家晚饭的中年男，有点肚腩，有点发际往上，周末晚上喝个一小杯，也是很开心的。

¤ 写了很久很久的一个小说，很挑战我生理极限的一个小长篇。刚才启动了一下字数统计：2400字。我今天一天都不会好了，都不要理我。

¤ 崭新的亮晶晶的五月。从今天开始，我要每天做五个仰卧起坐。

¤ 这一个劳工节，有人把盐洒了一桌，有人放一缸汽球，有人从港岛跑到新界唱老歌。我玩了整整三天你几岁了。

¤ 我已经很粗暴，对谁都不笑。可是父亲总是对的士司机说谢谢和再见。每次他这样我就很难过。

¤ 写着写着我就觉得我太会写小说了。真想把我现在写的贴出来，砸死你们。

¤ 每次搭六点半的807总有两个法国男人一路交谈到大学，跟听《蝴蝶》似的。

¤ 老年人生活就是早茶到午茶，午觉到天黑，静静地长肉。

¤ 下月初要去北京，翻了一下通讯录，然后发现自己在北京已经没有人了。

¤ 下月中要去南京，翻了一下通讯录，然后发现自己在南京从来就没有过人。

¤ 下月底要去上海，算了，不翻通讯录了。

¤ 胃痛了一夜。原来是跟灵魂伴侣分手。

- 我在香港的第一个朋友是台湾人。那一天我们都坐在小板凳上发呆，我就问她，你会广东话吗？她说不会耶，你会吗？我说我也不会耶。我们就成为了好朋友，直到现在。

- 我梦到过这样的树叶，有阳光的下午。我一直以为是上海，原来是北京。

- 一夜电视一夜灯，早安。

- 《天使有了欲望》里有一段兆龙饭店。他们说坐在 Friday 里喝可乐最快乐，可是我去错了地方而且明天就要离开北京，所以到底不知道那有多快乐。隔了十七年，Friday 当然没有了。兆龙把我旧哭了。

- 总是听说可是从来没有去过的一千零一夜，终于去了而且一切都太好吃了。然后就是吃撑了。北京为什么老是让我哭又让我笑呢。

- 昨天有个老师说别人不搭理你也不点赞你是因为你太漂亮了会被人说闲话。我说那我要是余秀华你们就愿意点赞我了？老师说你为什么总是不好好说话呢？

- 虽然被抓拍到脸向上仰最大最大的时刻放到微博。我还是喜欢我的样子。黑裙子是塞宁离开的时候送的，她说你出门要带没有拉链的裙子，因为没有人会替你拉拉链。

- 大叔和大妈，带领着一群小少年小少女，走了整整两公里。

- 我一直在想昨天谁说过的，许广平与鲁迅其实更像学生和老师。先生往往因为她不明白他的一句话躺到阳台上去，独自舔舐伤口。我想的是，无论我嫁给谁，谁都是要天天躺在阳台上的吧。

- 我发现我写了一堆末路小说，死也是要站着死的。

- 今天坐在咖啡馆里写作，外面有两个人在打架，有一个人快要被打死了。我马上放下笔冲了出去，把他从地上扶了起来。他吃力地笑了一下，说，你知道我是谁吗？我坚定地说，知道。你是评论家。

¤ 塞宁说常州是小神经的南方。 我昨天在旺角东看到一个光头，头上顶着一本翻开的书，手里提着一个红色塑料袋，里面装的大概是一捆荔枝，就像我一样。我觉得香港也是小神经。我一直住在小神经的南方。

¤ 昨天棉棉写了一篇我，其实她写的是我们为什么写作。我也写了我的我们为什么写作，刚才写完了。如果还有人研究七零后，我们的文章会很重要。

¤ 和小时候的好朋友一起走在常州街头，然后迷路了。我说咱俩是外地人了现在，她说咱俩是外星人。

¤ 运河边有一间咖啡馆，四月也被人约了去那里。他们都给我看他们的相机。

¤ 明明有相机，为什么还要用手机。

¤ 我们一起喝杯好酒，这世界的恶意都灰飞烟灭。

¤ 我又重复了开空调关空调开空调关空调一百次，现在彻底醒了。每天都是这样，我对人生很绝望。

¤ 我有一个朋友去算婚姻。算命先生说，生离死别。她和爱人遭遇车祸，重伤，没死，后来离婚。她说原来没能死别，就得生离。要是我，选死别，生离多残忍。可是也没得选，命运这种东西。

¤ 我又开始开空调关空调开空调关空调，日子过成童话的老少女，只能对着空调说一句，感谢你赠我一场空欢喜。

¤ 感谢棉棉和路内、河西，所有搭火车去上海看我们的常州朋友们。

是谁说的，时间是这个世上最强大的力量。对我们来说，写作也让我们强大，再没有更好的事情了。

▫ 虽然是一本随笔集，封面也很不文学。但是我努力把它写成了一本文学的书。我其实很严肃，完全不笑的。我是一个写小说的，可是我没能出版我的小说集。棉棉问我为什么要出这本书？棉棉问的是为什么要出这本书而不是为什么写作？我答不出来。

▫ 我记忆中的淹城总是荒凉的，土墩和草。我还写过一个小说《淹城》，虚构了淹城公主和留王的爱情。二十年前我真的太空了。

▫ 昨夜送别好朋友，运河边喝一杯。其实我也是客人，不过比她晚走三天。讲到人情薄凉，去国离家，难免神伤。乐队的吉他手走过来，对我说，你的朋友看起来太难过了，我可不可以给她一个拥抱？于是，她得到了来自瑞典的一个陌生人的拥抱。

▫ 喝到茅山青峰，还只是小时候见过。有人说，少年的朋友，少年的茶。

▫ 还是那个加州女孩，还是我爸。我一直想去喝掉的酒，我爸说等着她回来一起喝。我爸是觉得我在加州的苦，那个女孩也是那么一模一样的苦。实际上我俩都开始好起来了。我爸说最担心我从美国报信一切都太好，那么故意，不如不报。红酒火腿，还有家人，一切都太好，我为什么要哭呢？

▫ 终于都过去了，十场见面会，我再也不想见任何人了。每个人都问我时光的问题，我又不是霍金。我比较相信有一个角度会先看到我们死亡，再看到我们出生，没有前后因果。时间不是流逝的，流逝的是我们。人类就是一条一条的虫子。

▫ 突然意识到有的人是真的离开香港了，趁着这个夏天，每一个夏天。

香港就是一个不断拥抱和告别的地方。祝贺的聚会，又是送别的聚会，有过得幸福，要记得。

¤ 我只看到蓝色甜甜圈，我没有看木马也没有看芭蕾舞裙子。圆圈很多时候是完满和虚无的意思，有时候是甜的和轻的日子，这是我的意思，可能不是她的意思。有人看到空心云朵和孤独，他也说过评论家对作品的理解不过是评论家对自己的理解。

¤ 酒多苦涩，闭着眼咽下，要不度不过去又一个长夏。

¤ 跟陶然老师说起十七八年前的第一面，厦门的青菜和舒婷。我跟谁都是一二十年了。

¤ 朋友跟我讲，上次那个趴梯没弄好，我说很好啊好多好吃的。她说没意思。我说你知道吗？那一天，我在去你的趴的电梯里，给自己照了一张相。照完我就想，我还挺好看的啊，我就回来写作呗。我就一直写写到了现在。

¤ 二锅头掺雪碧是什么滋味？

¤ 饿到只能去睡觉。

¤ 云和空着的肚子，昨夜噩梦的余悸，最宜写作。

¤ 我一直很努力地写作很努力地想要改变自己，我也一直很努力地生活，有时候这个世界就是太残忍了。

¤ 新的伤口久久不能愈合，原来是到了读《枕草子》的年纪。

¤ 你也无家可归吗？

¤ 哭不出来，说不出来，砸点什么好。

¤ 看电影也是阅读。

¤ 小时候看《廊桥遗梦》笑啊笑啊停不下来，现在看怎么要哭出来？

我终于快要四十岁，你都六十岁了吧，我们永远都不会一样大的。我终于可以去爱和我一样大的男人了。

¤ 一位老师说的，你写得好不好不重要了，你也没有什么不对，你只是太老了，你看你要不要改个名字？谢谢老师。

¤ 应该一大早写作的，倒跑去跟人拌嘴，拌了一个多小时。

¤ 我要离开这座旋转木马。No fun anymore.

¤ 离 2016 年和四十岁很近很近了。早上一直在想刘太太安娜说的，我停止工作，不是为了家庭牺牲，贡献，这是我的错，这不是一件值得骄傲的事情。

¤ 谋生不易，有你就好。

¤ 以后你老了，我带你来吃粥。

¤ 缺少爱的人就会写有很多爱的字吧。

¤ 我会对别人说你要去做，你就有机会，你不做就完全没有机会。然后我自己又会什么都不做。我总是这样。

¤ 夏天的时候做一个画家的访问，拍档问他家庭有没有支持到他，他讲不干扰就是支持。所以，你要对我好，就别理我。

¤ 王苏辛太好了，给我的小说集想了这么酷的名字《所有的男朋友都失踪了》，我很高兴。

¤ 心在左边吗？疼。

¤ 香港爱你。

¤ 他们下午来拍我，我就把他们拍了一下。

¤ 我常常觉得作家的访谈比作家的作品好看。

¤ 南京开会太好玩了，还能撞见隔壁会的朋友，脑海里顿时浮现以下对话：

大姐你又不长进了吧，这半年又是一个字没写吧。

我我我明年发个奋。

明年你四十了吧。

☐ 看了个太宰治的八卦文，说太宰治的第一次冲击芥川奖是因为川端康成一句"作者目前生活有不妥之处"而失败。然后他写信给撕过的川端康成说："请给我希望，不要对我见死不救，我一定会写出好的作品。"那个时代的人，还会说这么一句"我一定会写出好的作品"，如今的人是不是写一句"我一定会跟着您好好混的"就好了。我挺难过的。

☐ 看个老电影《伊豆舞女》，太不理解川端康成了，小舞女已经那么穷了，他还硬要了人家一个梳子。他还讲太宰治有不妥之处，装吧就。

☐ 听说从今往后的书名都不可以出现妖。

☐ 有没有人等一个晚安等到天亮，只好说早安。

☐ 等一张不搭台的台。

☐ 在出去吃饭和坐在家里写半年没写的作之间反复挣扎，最后选择了去九龙塘看《饥饿游戏》。

☐ 又梦到一群过去的人，他们把我带到一个地方吃面，然后都搭车走了，留下我一个人。

☐ 每次受了点刺激就想咬碎银牙写出个长篇小说，到了早上全忘掉。主要还是刺激不够刺激。

☐ 在《南方文学》发过一个创作谈《十年不创作谈》，这次发一个童话《反童话》。

- 每天六点钟起床，练就了钢铁般的意志。

- 写什么都是要付出代价的。

- 我童年时最害怕家乡的飞船来地球接我，我拒绝了三次，终于可以留下。现在我后悔了。

- 会写诗的人都太酷了。

- 我跟我妈说他们不觉得我是香港作家啊，可是我也不知道我是什么。我妈说你是一个插班生。

- 三天没有出门。现在要出去买一堆薯片而且是烧烤味的吃掉，反正失恋了，反正不是我一个人失恋了。

- 只要我感到伤心，我就会把以前的伤心都想起来，变成超级伤心。

- 明天还能更坏吗？

- 十七年才来一次的广州，心已经不再动荡。

- 前面两个亲来亲去的男女肯定是婚外情，因为一个拿护照一个拿身份证，还有亲来亲去。

- 给一个久不联系的人发微信才知道他把我删了，是删掉不是拉黑。按照我做事情的方法我是会走过去敲他的门问他为什么的。

- 半夜爬起来不知道干嘛，翻下《大家》杂志就翻到棉棉。"我不喜欢爱情。我喜欢兄妹之爱。我喜欢那些乱而干净的感情。"每一个句子都是我喜欢的怎么办。

- 每天早上六点准时起床的人没有事干，只好数数飞机。UPS一架，顺丰四架，顺丰有钱。

- 只想问一下经常开会的老师们，要是把每个会的名字牌都摞起来，也该等身了吧。

- 睡觉太浪费时间了。早安。
- 刚才跟我妈说我写得没有以前好了，可是终于可以登上我童年梦想的刊物。我妈说那是因为现在集体写得不好了。
- 我干了，你随意。
- 终于遇到一个真正酷的提问题的人，答问题答到脑震荡了都。可是好快乐，都要爆炸了。
- 冷哭了，脚不是我的。
- 我挺喜欢你的

  喜欢我什么

  你的坚持

  我坚持什么

  坚持十年不写作
- 还是生活比较重要。
- 看到大家都在聊文学，赶紧也找了个有空的七零后聊了聊，隐身术。
- 我给男人的最高评论是一脸正气，我给女人的最高评论是大婆脸。

  有人给了我最高评价，说我是一脸正气的大婆脸。
- 黑夜越来越长。
- 一个人喝酒胃会痛，为什么呢？一样的酒。
- 我好想他啊。

  他好幸福啊。

  我也好想钱，钱幸福吗？

  好吧，香港冷吧？

  香港不冷，我冷。

¤ 她说你为什么不写作？我说我好忙的，没有时间。她说看你每天发的朋友圈就知道你有多无聊了。

¤ 因为要赶一篇法克特什么稿，吃了一片蛋糕就跟爸妈告别赶回自己家。其实一出门就后悔了。生活当然比写作重要我永远都搞不清楚这个问题吗。回到家也没有写一个字哭到眼睛肿了。爸爸妈妈对不起。

¤ 亲爱的，好羡慕你有一条笔直的脊柱。我没有。

¤ 我妈说，你是要名不要命。

¤ 写作没有时间限制，可以停一小会儿，也可以停好多年。我相信命运，相信会有这样一个存在，告诉我，现在可以坐下来写，或者一切都不是那么好，再停一下。我觉得什么都是自然发生的，生活是这样，爱情也是这样，世界就是这样。

¤ 你为什么一定要住在香港岛呢？如果你拿买香港岛房子的钱买新界房子，可以买两套。

¤ 我不要去新界，我宁愿去北京买房子。

¤ 村屋和邨屋，念出来完全一样的，其实是完全不一样的。

¤ 每次去稻香都得跟他们吵架。

¤ 到处都是面包店，大班、东海堂、美心、圣安娜、山崎、英皇、凯施和面包城。香港人的早餐可以是一个包，茶餐也可以是一个包。

¤ 只吃茶餐会不会瘦一点？香港人都是瘦的，很少胖子，如果小时候是肥仔，大了就是肥佬。

¤ 经过大班的时候总要进去绕一圈，可是我再也找不到美国吃到的大班面包，一次都没有。

¤ 自己人对自己人总是特别心狠手辣的。

¤ 当我爱上了一个男人的时候，我会以为他是世界上最好的男人，所有的女人都要跟我抢他。

¤ 大家的阅读条件变得很有限，上班的路，茶水间的一杯咖啡，浴缸里的片刻，一个短故事，最好不要写坏了，坏情绪和坏语言，对不起整个时代。

¤ 我们肯定已经有了很多优秀的超短篇，我在想它们不能掌握到话语权的原因，肯定是因为语言太少了。

¤ 我的朋友们都只看得到我最坏的一面，但是她们宽容我，尤其卡萝琳。是的卡萝琳，已经搬去旧金山的卡萝琳，现在她和我的另一群重要的女朋友们住在一个地方了，我想念她，她的上海小菜让我活下去。还有布兰达，她是世界上最正直的女人。还有小米，她是一个神话女人，我知道我是一个被神话了的女人，可是我的小米，她是真正神话的女人。我离开的时候她们送给我蒂芙尼的银项链，她们各自挖走了那根项链的三颗心，她们轮流在卡片上写字。我不在乎那是不是圆珠笔写的字，我不在乎她们不使用全部的中文。我只是突然意识到我爱她们。一定是那根蒂芙尼让我意识到的。我把那根空了三颗心的项链挂在脖子上，我没有哭出来，我迷茫地看着窗外，我就要离开了。

¤ 2016 年的第一天，一直在想为什么写作这个问题。

¤ 脸拿开。

¤ 出版自由和言论自由在香港受到法律保护。

¤ 说起香港的言论自由。孔庆东"香港狗"言论的第二天，我和朋友在楼下的稻香饮茶，旁桌一个香港女人听到我们讲普通话就说，"中国猪"。我就报警了。警察过来了，问她话，她当警察不存在。警察就跟我讲，没有办法的啦，香港言论自由啦。我说那我可以骂她"香港狗"吗？警察说可以啦。我说我可以打她吗？警察说打就不行啦。算啦。警察说，他们骂我们警察骂得更难听哦。警察就走了。那俩个香港警察还挺帅的，就是矮了点儿。

¤ 以自己方式

被水瓶辜负

¤ 每到夜半肚饿的时刻，就会去想，嫁给深夜食堂的老板多好。

¤ 老师对不起啊我不是不看您的书，我谁的书都不看，我连说明书都不看。

¤ 有的人不见了很久了我还是会想起来，比如鲁羊、张旻、海力洪……我去年有一天就是突然想起来费振钟，你们笑什么？

¤ 成为中老年的第一件事情就是开始回忆往事，于是我写了《周友记》。

¤ 我有时候就是会曲折地冒犯一下，是我的个人兴趣。你们千万别跟我一样，你们还要混的。

¤ 终于也写了我的《我们为什么写作》，棉棉的气息很吸引我啊我也不知道为什么是她。这个文里我自己最喜欢的部分是棉棉说你们作协吃得真好啊，我就笑得昏过去。十七八年前的往事。

¤ 七八年前了，见了一位著名的出版商，他讲你没有市场啊，你看你还有读者吗？（亏我住纽约时还替他找过大四川尽管他自己也是可以谷歌的）我说那你还做《棉棉文集》，他说我这是向七零后致敬。七零后是现代消费主义哦，你来致敬他来致敬。

¤ 前几天去别人的朋友圈发了个长评论，突然又想起，记录在这里。

我倒是读过一篇限制级很久以前了，未来，宅男网购食物，寄来的是个女人，宅男就可以先敏感词她再把她做成菜吃了。这个女的还挺高兴，说，谢谢您，我这一趟有价值了。我心里滚了无数遍的敏感词啊当时。如今我倒是想，可以换过来，宅女网购食物……

¤ 早上一个朋友说的，像猪一样懒，又无法像猪一样懒得心安理得，就痛苦了吧。一直记到现在。

¤ 女人的房间就是女人的堡垒。

¤ 我要什么有什么吗？我是许愿树吗？

¤ 所有的瓶都在生病。

¤ 每次看到行为异常的人，就忍不住去问是不是水瓶座？

¤ 骑自行车骑到坏掉。梦。

¤ 今天香港发冷了。冷到我都说了冷的话。可是我的家乡有多冷呢？我妈妈讲的，人们都住在冰箱里面，到外面去，就去一个更大的冰箱。回到家乡，妈妈的手指就裂开了，她讲，连手指也会怀旧的啊。

¤ 心是用来碎的。——王尔德

¤ 立春这一天很焦虑，是不是这一年都要焦虑。

¤ 我发现在中国吧大家都不直接说事就跟你绕。绕啊绕啊天都快亮了。

¤ 好想跟你们谈一谈工作，又怕你们祝我情人节快乐。

¤ 有没有人因为思念睡不着。

¤ 我已经梦见海洋公园的玉米和鸡尾酒了，你还在梦美国的蟠桃和赶火车。我们回不去中国了我们回不去美国了我们怎么办呢香港不是家。

¤ 我选择紫色

　我愿意这样生活

我就哭了

周公说，别哭

- 能够签一个专栏真是太好了，我就必须每个月写出来一千字了，不写就是失信。我缺点不少，唯一的优点就是有信用。

- 写小说烦了就写写创作谈，创作谈烦了就写写小说。

- 我曾经有很严重的被迫害幻想症，觉得自己会被每个人杀掉。

- 姐就要姐弟恋。

- 你们都没有发现吗？我十五年前已经死了。

- 要跟人谈一些性命攸关的事，想了一个小时了，没想到一个可以托付的人。我做人真是太失败了。

- 在北角冻成神经病，以后再也不去了。

- 我原谅你们不带我玩，地球人。

- 王芫带着她紫色飞马出版社的第一本英文小说合集《陌生人》来到香港。我们约在中环的陆羽茶室，还有周蜜蜜、陶然、梅子和蔡益怀。蔡益怀说，十几年前，有个财主在这儿被枪杀了。一边说，一边比划了枪的样子。我的后背寂凉。我说你不要说出来嘛。但是陆羽茶室的茶点心还是太酷了，上一个我会觉得酷的地方只有龙华酒店，金庸在那儿写了《书剑恩仇录》。饮完茶，大家告了别，我和王芫走了很多路，去到山顶她住的酒店，聊了一下午的天。我们一起吃了一个苹果，她比上次见到的时候瘦。然后她再送我回沙田，我们走来走去迷了路，她拿出手机，开了地图。我说我自己都没有想到，我在香港呆了七年还是不认得路。我们继续走来走去，一条街，过去又过来，地铁站都找不到。直到我终于看到一个可能会去往沙田的巴士站。我们一起站在站牌下面，我根本就不确定那架巴士会不会真的来。天都黑了。我说我们不能找男作家做老公。她说对。巴士却马上就来了，我匆忙地上车，我跟她的最后一句话是，我们也不能找男评论家做老公。她说对。

¤ 百分之一百的湿度，整个房间都哭了。

¤ 四月最残忍。

¤ 这一整个月的状态都是没头脑和不高兴。

¤ 年老是什么？就是早上弄破了脚，晚上才发现伤口，然后才开始疼。

¤ 是谁跟我讲拼的是命长？体力都没有了命长有什么用。

¤ 如果选择死法，我想选择被钱砸死。

¤ 写完一个小说，很空虚。

¤ 好朋友在住院，谁陪我去看《不二情书》或者《美国队长》呢？我不是没良心她说不要烦她。

¤ 做人有时候真的跟咸鱼一样。

¤ 你用你的颜值支持我了没？

¤ 我从小没人爱，又有阅读困难，所以这是我为什么写作的原因。

¤ 瓶颈。那就再歇十五年好了。你有很多时间。

¤ 突然想起一个人。

¤ 《一个人在 2000 年》

¤ 加州大街是一条很安静的街，街上有一间卖正骨水和白花油的杂货店，一间书店，还有一间加州旅馆。就是我在宣传部上班时，每天早晨叫我起床的老鹰乐队的加州旅馆。

¤ 不喜欢回转寿司，日本厨子在面前，全透明的，好像是做给你看，他们的指甲有多干净，他们的鱼有多新鲜。坐在流水和船的前面，会一直吃下去，一直吃下去，吃很多，最后算账，贵得昏倒。

¤ 东道主家庭，就是一对很老了的美国夫妇，有闲，也有钱，信神，善良，乐意做志愿者，于是每到过节他们就邀请外国留学生到家里做客。他们帮助外国留学生，让他们体会美国家庭的生活方式，感受美国家庭的温暖。是不是这样，学生们就幸福了？东道主家庭也幸福了？

¤ 泡一杯茉莉花茶，放一曲《春江花月夜》，然后闭上眼睛，就回到了中国。

¤ 美国的鬼害怕十字架和桃木钉。

¤ 中国人过鬼节是点香，供果品，请鬼回来看看，美国人的鬼节是把自己打扮得比鬼还要难看，把鬼吓跑。所以，中国鬼节是中国鬼们回家的日子，美国鬼节是美国鬼们呆在美国的最后一个日子。

¤ 不怕咳嗽，因为院子里有紫苏，煮了吃，就不咳嗽了。

¤ 柠檬总是很新鲜，不买就对不起它们的新鲜，可是买太多了，于是泡茶，一杯茶泡一个。

¤ 和美国的文学女人在巨蟹庄喝午茶。她们都化妆，不吃甜品，说文学老男人的坏话，而且很快乐。

¤ 又想到处去玩，又怕飞机。很矛盾。

¤ 那加在中国城买到了三块钱的伞，那加其实很精明。

¤ 晚新闻里有台湾议员对骂，那个被骂的女议员哭起来很好看。

¤ 任贤齐在旧金山开演唱会，史东夜话请他来谈谈，可是他在节目开始前突然跑了，怎么都找不到。

▫ 一天只吃一顿，唯一的乐趣就是嗑酱油瓜子。

▫ 有识之士都跑回中国大陆发展，可是还有人不愿意回去，实在找不到工作，去澳大利亚也愿意。

▫ 伊娃不洗米，也不煮米，生米放在锅里炒，炒时加水。

▫ 游子天涯在痴茶屋讨论上海的金枝玉叶，讨论好了以后大家吃蛋糕，不用给钱也没有人问你是谁，吃了蛋糕，就可以回家了。

▫ 美国人的圣诞节，美国人的气氛，真让我伤感。

▫ 街上有疯子、醉鬼、没有家的人、乞讨的人。黑人女孩子在卖她的画，流浪汉在寻找硬币，又老又穷的醉汉坐在咖啡店门口，手里紧紧攥着酒瓶。街的中央，有一辆又长又美的车。

▫ 只有最勇敢的人才做作家，有忍受饥饿和贫穷的勇气。

▫ 大山的女朋友小水以前也在一个名校，为了离他近，就转到现在的那个烂校去了。每到周末，她就坐一个小时的火车来。这样的女孩子，中国都没有了。

▫ 林太太是台湾土著，又是基督徒，跟她讲过一次解放台湾，她真的翻脸了。

▫ 小奇会做海南鸡饭，所以只能算是一半的 ABC。

▫ 养狗必须两只，因为狗也有权利，一只狗太孤独，必须有伴，不会得忧郁症。

▫ 一句话就会生恨，那恨会延续一辈子。一个眼神也会生恨，林和太太回台湾，街边有小混混，林看他们一眼，他们就跳过来搡他。林和太太飞快地跑掉了。

▫ 后山很大，纯天然，胖人都喜欢爬山，可是怎么爬都不瘦。我的经验，不吃，就瘦了。

¤ 美国新移民的奋斗史和中国农民的奋斗史没什么两样。全部的奋斗，就是一幢房子。

¤ 美国是一个改变人的地方，每个人来了美国都会忘记从前的身份。

¤ 每天上课，每天写电子邮件给爸爸妈妈，偶尔回忆过去的日子，就是全部了。

¤ 和那加去伊朗店，店里的人都看我，也许是看我没有包起来的脖子和头发。

¤ 没有时间吃饭，也没有时间睡觉，忙来忙去，一点意思都没有。

¤ AE 说林志颖很帅，她很爱他，AE 也知道周润发，因为周润发演过他们的国王，可是那部电影在 AE 的国家是被禁映的。

¤ 伊娃出生在维也纳，来美国很多年了，也习惯了在美国居住，可是她不愿意入美国籍，也不喜欢万圣节。

¤ 昙花又美又稀有，是世间最神秘的花。所有名利的幸福都很短暂，为什么不要那瞬间的美丽呢？即使只是一瞬，却最美。

¤ 在中国时不喜欢读书，到了美国，读中文广告也是乐趣。

¤ 电视里的那个中国厨子很有名，他的脸总与中国锅摆一起，他经常说的词是：精彩，美丽，好味。

¤ 蜂鸟只有手指那么大，长长尖尖的嘴，方便伸进花心吸食蜜。蜂鸟的翅膀扇得飞快，俏丽极了。蜂鸟喜欢红颜色，人为了招引蜂鸟，在屋檐下挂红色的食器，里面盛的蜜也是红色。蜂鸟喜欢红，又有蜜，就来了。

¤ 拿了绿卡的中国人总说绿卡其实也没什么用，不过往来便利些，可是他们从没有放慢过争取绿卡的速度。来过美国的人总说，美国其实也没什么好，来过一次就够了，可是他们总是来过一次，又来一次。

¤ 用中国字写作的中国作家，离开了中国就像离开了水的鱼，什么都写不出来了。

¤ 小奇会钓螃蟹，还会挖象鼻蚌，可是她不会做菜，蚌啊蟹啊都一锅煮了。

¤ 美国人的 BBQ 十年如一日，从没有新花样。

¤ 收到了父母的亲笔信，就变成了世界上最幸福的女儿。

¤ 参加装饰大门比赛，得到了第二名，奖品是一个披萨。如果不投第一名的票就好了，我就会变成第一名。晚上就去那间披萨店吃掉了奖品。窗是透明的，看得见对面的 Pasta，那里的意大利伙计很帅，可是会装傻。

¤ 计划去柏拉阿图城的酒吧喝酒，深更半夜走半天，一个酒吧都没有。倒有咖啡馆，里面的人看起来优雅，但是阴郁。大家在一个老书店里翻了翻书，各自回家了。

¤ 这个世界上，最会装傻的不是意大利人，是日本人。

¤ 摘樱桃是专属美国华人的娱乐，一到樱桃熟了的季节，大家都去娱乐。

¤ 太阳舞频道在播《东宫西宫》，里面的女配角好像是赵薇。赵薇所有的错就是演了《还珠格格》。

¤ 不喜欢文艺电影，沉闷，抑郁，而且看不懂。

¤ 上驾驶学校的原因多数是超速和闯红灯。超速的一律不承认自己超速，只说前面的车跑得比自己快，警察却只抓了自己。闯红灯的一律不承认自己闯了红灯，而是闯的黄灯。因为在消防站门口掉头上驾驶学校的只有一个，大家都觉得他很特别。

- 林和太太开一个小时的车来学校，看了十分钟国庆烟花，又开一个小时回去了。

- 主要的烦恼是修房子和杀虫。

- 美国人去中国，问中国人的他，想在中国买礼物送人，什么好？他回答，紫砂壶。美国人就去买了一只壶，千里迢迢，带回美国，送给他。

- 穿了旗袍就会被要求表演中国功夫，以后不穿了。

- 庆祝北京申奥成功，小奇请吃饭。在柏拉阿图城走半天，没找到一间中国馆子，于是进了一间泰国馆子。小奇说，泰国离中国也不远，将就吧。

- Tiffany 珠宝店的店员都是斜眼看人的，还有高大的警卫，守着大门，也守着后门。

- 一个本科生失踪了。她在晚上骑自行车出去，再也没有回来。她的同学们为她做了一个网站，寻找她。每天打开信箱都会看到寻人启事，失踪了几十年的人，直到现在，他们仍然在被寻找。失踪的女学生找到了，挂在一棵树上，旁边是她的自行车。

- 看到一个中国人，来美国十四年了，没有回过一次国。问他为什么？他不理我。

- 很多人都老了，不关心周遭的美，软弱，容易被恶击败，他们每天都忙忙碌碌，却没有目标。

- 法国菜，就是那种比意大利菜虚荣，却没有意大利菜好吃的东西。

- 那是加州大街上的一间法国馆子。坐在靠窗的位置，一棵树下，看得见外面的街，初到美国，最喜欢逛这条街，街上的书店，街上的加州旅馆，还有街尽头，那个小小的火车站。

这个世界不同了

你走出来你还是你，只是这个世界都不同了。

——傅小平、周洁茹对谈

每个刚刚醒来的早晨，我都不相信这个世界是真实的

傅小平：说说小时候。从现在起往回追溯，留在脑海里最早的记忆是什么？儿时记忆是珍贵的，但也可能会是回忆时叠加的印象，甚至可能是有意无意虚构的，是否确信这种记忆？如果时光能够倒流，最想定格住小时候的哪一个瞬间？

周洁茹：我是三岁开始记事的，那一年我爷爷过世。我记得厅堂中央黑色的棺材，我被母亲带入小房间，她红着眼睛。我要求她画一个房子给我，这样的要求一般会被拒绝，但是那天她给我画了一个房子，房子上面还有一个烟囱，她红着眼睛。记忆是真实的，我长大以后去查了爷爷去世的年份，1979 年，那年我三岁。后来我要结婚，父母担忧，去了一个偏远的山村找算命师傅算我的命，第一次也是唯一的一次。算命师傅是瞎子，算的命都是用唱出来的。父母录了下来，回去一句一句地辨别，手写下来。第一句三岁行庚，大概就是三岁开始记事的意思。小学三年级时候的夏天，有一个深夜我突然醒来，听到楼顶上

面有奇怪的声音，很大很大的声音。但是只有我听得到，像是飞船降落，直到现在我仍然是这么肯定的。我小时候的家是那种独幢的楼房，我的房间前面是阳台，房间上面是一个平台，很平的平台，足够让一台飞船降落。然后我就听到一个声音说带我离开，也不是一个具象的声音，更像是一种意识与意识的交谈。我犹豫了一下，小学三年级的我犹豫了一下，回复说不走。这个记忆也是真实的。飞船在第二个夜晚又来了一次，我仍然清晰地拒绝了，它再也没有出现过。其实我已经后悔了。好多年以后我突然想到那个夜晚，我想也许不是飞船也许只是年老的我，试图穿越时间的缝隙带给我一个信息，但是我拒绝了。如果时光能够倒流，我想定格在那个瞬间。

傅小平：我在想啊，为什么你只有三岁，就要求妈妈画一个房子给你？那么小就画房子，难道只是无意识行为，还是代表了一点什么？你从小不愁吃穿住，长大后买房应该不是问题。不过，你从常州出发，转道美国，又回到香港，在迁徙流转中，想必在各地买过房子，也住过不少房子。虽说，你不需要像希斯内罗丝一样，死命去挣那座"芒果街上的小屋"，但房子到底还是灵魂的安居之地。那对你住过的那些房子，都有些什么印象？房子对你来说意味着什么？

周洁茹：我唯一一篇被翻译成德文的小说叫做《林先生和林先生的房子》，写的我父母的房子，也就是我小时候居住的那幢房子。我经常梦到那个房子，就像我在《艾弗内尔的房子》里面写的那样，我经常梦到我二十岁前住的中国房子，那个房子的前门和后门，门前绿色的信箱。梦里我时常去开那个信箱，信箱里装着很多过期的报纸和杂志，都被雨雪打湿了。我从来没有梦到过任何后来的房子，柏拉阿图的房子、艾弗内尔的房子、新港的房子，一次都没有。我的电脑里面常年有一个空白的文档，文档的名字是《房子》，如果不是你这个必须回答的问题，我会把这个秘密藏到直到我死掉。我从二十岁开始，就有写这个长篇小说的意愿，我在所有的创作谈和访谈里面都表达了我对长篇小说的轻视和放弃，我说我掌控不好的我不会去写。可是我确实一直有这个信念，写出来《房子》这个长篇小说，而且是最好的。可是我在最可能写出来这个长篇的年纪没有能够写出来，直到我离开中国去了美国。我请我的一位德裔老师读了我的那篇被翻译成德文的小说，她说还不错，但是并没有更多的评论。我想的是，她确实也是理解不到，一个中国房子的历史，就是一个中国人一生的奋斗史。我父亲从我爷爷奶奶那里继承到房产，因为年代久远，房子需要翻建。他们要了单位的一个宿舍暂住，又把我送到一个同事家里请同事照顾我，那一年我小学一年级。房子建了一个半月，最不可思议的时间。期间我被带去看了一眼建造中的房子，裸露着钢铁的楼梯，我只记得这个。我父母的同事待我还好，但是习性有差异，晚饭后他们一家都会看球赛。我不仅仅是不喜欢，我厌恶足球，又寄人篱下，没有选择的权利，一个小女孩，睡在别人家的床，委屈地小声地哭，白色月光下，直到睡着。那段时光，其实忘得精光，只记得中秋节的晚上，母亲赶来，只有母亲，父亲还在忙那个房子的重建，母亲把我接去租住的宿舍，一路上的月光有多明亮，我这一生，可能都不会再见到那么明亮的月光。母亲开了宿舍的门，日光灯，还有电视，电视里是一台晚会，我们一起坐在床上看电视。那个温暖的有母亲陪伴的晚上，我这一生，可能都不会再有那么温暖的晚上。房子建好以后我们全家搬了回去，我发现父亲一下子老了十岁，我都不认得他了。隔了好多年，父亲说起一些建房的小事，居委会的主任会在傍晚走过来要求把所有的建筑材料搬入房内，因为有上级文件指示，创建精神文明卫生城市，建筑材料就不可以堆在外面过夜。工人已经下班，父亲和母亲，两个人一起把材料搬进房子，黄沙，水泥，还有砖块，搬到深夜，到了早晨，再一样一样搬出去，每天都是这样。还有更多听来都极其可怕的小事。那时候我已经二十岁，我才真正谅解了我童年时候被遗弃的那一个半月。我母亲生在城中最著名的一条巷子，青果巷，隔壁邻居是瞿秋白家。外公懂机械，会修钟表，家里还有八音盒。母亲小学的时候，外公突然重病去世。家道中落后，三位姐姐出外谋生，嫁人，或去工厂做工，母亲还要上学，与外婆相依为命。母亲说起那个房子，因为也没有饭吃，做完功课就是上床睡觉，床边的墙角已经长上了青苔，一个孤儿寡母的破房子。学校放假外婆带着母亲去往山西的工厂探望第二个女儿，回来时发现门锁被换掉，家当都被扔出门外，房子成了公家的房子。外婆找不到地契，就这么被赶出了青果巷。后来母亲会带我回去青果巷，探望她小时候的邻居和长辈，每次也都会指给我看那个房子，她的床是摆在哪个房间，那个长出了青苔的墙角在哪里，却坚决不肯再靠近那个房子。我从美国回来以后去找了后来住在那个房子里的人，我希望把房子再买回来，房子里的人讲不能卖，再大的价钱都不能卖。我问他为什么？他讲房子的产权不清楚，过户手续上会有问题。后来青果巷旁边开新楼盘，我母亲把我从香港叫回去陪她买楼。她执意买一种房型，只要那一种，后来楼盘交付，我陪她去收了楼。母亲也不住在那个楼，装修好了也不去住，只是空在那里。但是只要她过去，就会在窗口坐一会儿，她说是晒会儿太阳，可是我注意到，从房间里面往外面看过去，就是青果巷的那个房子。整幢楼只有这种房型的窗口，正对着那间旧房。

傅小平：《艾弗内尔的房子》？我没读过。但我没读，也能感觉到，你一定写到了，你住在艾弗内尔的房子里，回望小时候住过的房子，还有青果巷的房子。这就好比是你在美国，回望中国的生活。好比是，你在回答我问题的那个时刻，隔着遥远的时空，回想你的童年时光。也好比是，在我们一早醒来的那一刻，回望仅能抓住一丝半点余绪的梦。其实就像有人说的，写作其实也是写下我们醒着的梦。那在现实里住着的房子，和你梦里的房子之间，或是在醒与梦之间，隔着什么样的距离？这种距离给你提供了什么？

周洁茹：每个刚刚醒来的早晨，我都不相信我现在生活的这个世界是真实的。往往是因为梦境太真实了，超出了现实的真实。我中年以后的梦突然变成彩色，我也终于把梦做成连续剧。我曾经在小说《邻居》的开头写了大段梦境还有房子。"这些年我每晚的梦都以房子开头，我梦里的房子都巨大但是破败，像城堡那么大，也像城堡那么破败。清晰又细致，看得到门柱上雕刻的花朵，木门板掉落的漆。我甚至怀疑过梦不过是前世。那些梦境中的破房子，全是属于我的，我却欣喜于它们的存在，也总在梦中筹备如何整修它们。很多时候太过逼真，我从梦中醒来，都不愿意接受我的现在。"这是真的。即使我在香港住了七年，很多个早晨，睁开眼，我仍然需要想一想我到底在哪儿，我的房子到底怎么了？这是真的。我跟父亲描述过那个梦境中的房子，因为那个房子不断地不断地在梦里出现，以致于现实中的我都不会忘记。那个房子每次出现都是好几层，有时候是两层，有时候是三层，还有地下室，最上层往往是一个巨大的露天的天台，方形石板的地，石板与石板之间长着草，荒凉的青草，天是阴的，也有一些石头的雕像，我从来没有看得清楚那些雕像。房子里面有很多很多房间，都是空的，橱柜和门，吊灯，所有的家具都是破败的。有时候我会穿过一些地下的通道，如同洞穴，通道的中途和尽头都会是房间，一切都是破败的。你看，我竟然可以这么清醒又详尽地描述一个梦境中的房子，我从来没有住过甚至见过那种房子，在这个醒着的世界。我父亲说那是很奇怪的，因为他也没有见过那样的房子，我们的老房子在翻建之前，也不是这样的，而且我也是记得我们家的老房子的，大门和房樑，确实不是我梦境中的那个房子。有一天我突然意识到，我梦境里的那个房子，其实是一个墓地，我死掉以后，也许是住在那里。我的梦，不过是提前告诉我一点。

我为什么离开？在他们觉得是最好的时候，我说我烦了

傅小平：早慧的人哪。寻常孩子五岁开始记事，你是三岁行庚。寻常孩子，在小学三年级，不会听到飞船落地的声音，不会遇见多少年后年老的自己，你遇到了。寻常人，小学、初中、高中、大学，工

作、结婚、生子，一步步按部就班地走过青年时光，你不走寻常路，早早出名了。寻常人在不惑之年，很少疑惑了，出现在他们梦里的是，带有阁楼的花园洋房，你梦见了像是墓地的房子。为什么什么都提前了呢？什么都提前的人生，带给你怎样的戏剧性和错位感呢？

周洁茹：厌倦。我很厌倦。我几乎在我的每一篇随笔里面都写了厌倦，我说我曾经在早晨厌倦，如今到了傍晚我也厌倦，生存意识很弱，但是还有一点，所以我有时候还是会吃一餐饭，至少让自己活过今天。我也答过一个要答一百遍的问题，我为什么离开？在他们觉得是最好的时候，我说我烦了。也就是厌倦。我十五岁开始发表，第一个作品是诗，我已经在其他的问答里谈过那些诗，我谈得很少是因为我不会再回去写诗，我第一个被讨论的作品是一个摄影，我拍了一条灯会里跳龙门的鲤鱼，从一个最饱满的角度。我意识到我看见的是别人看不见的，我写的也是别人写不出来的。我开始写小说，十七八岁，然后就一直停留在小说，我再也没有去找过诗和摄影，坚决的心会让你把事情做得更好一点。可是我的周围全是大人，比我大十岁二十岁奇形怪状的大人，我从来不和大人们说话，他们是外星人。十八九岁，我应该去玩，谈恋爱，在夜店跳舞，我坐在家里写作，把自己写坏，心和身体，二十四岁离开的之前和之前，已经很厌倦。上天给你天才的时候也同时给了厌倦，以示公平。抗拒不了的才能和厌倦。真正的戏剧性和错位感发生在十五年以后，我回来，我发现所有的人都变了，眼睛的颜色都变了。可是谁也没有更好一点，有吗？坚持写作下去的意义？我只知道我坚持了十五年不写作。我还是我离开时候的样子，好像还更好了一点，因为我终于不再婴儿肥了。我就像是一个时间旅行者。我在一篇《时间的洞》里说过，如果你没有像我这样坐过时间机器，你一定不知道那种奇异的感觉，雪还没有落下就消失，树叶还没有发芽就变黄，你走出来你还是你，只是这个世界都不同了。另外，尽管过去了十五年，确切的十五年，我还没有到不惑。

傅小平：树叶还没有发芽就变黄，说得多好。但种子落到了地里，它要发芽，它长成了树，有了树，就有了树叶。没有发芽就变黄的树叶，会去抱怨那颗落地的种子，那颗让她一出生就与众不同的种子吗？树叶会跟种子说，我厌倦了，我要回来。种子的回答是，你回不来了，让你的厌倦成为不厌倦吧。你会问它，那给我一个不厌倦的理由吧？种子沉默了。因为它只是让你发芽，只是给你了多少人求之不得的天赋和才情，怎样克服厌倦，怎样在写作中克服厌倦，还是需要你自己来回答。

周洁茹：我从来不克服困难，就像我在二十四岁以后从来不阅读一样。我也不需要克服厌倦，厌倦从来都是我写作的一个主题。我认识一位批评家，也写小说，我问他你自己内心是倾向写评论还是写小说，他说小说，写评论被动。我说我就从来不写被动。很多时候我们的行，是因为我们主动。我清楚地记得我就是为了证明自己的行，主动回来写小说的。

傅小平：你证明自己的行，是要向外界证明吗？向你已经告别了很久的文坛证明吗？你的证明本身，是不是已经包含了被动的成分呢？要说为内心写作，那是无需向外界证明的。

周洁茹：有一点是肯定的，酒喝多了肯定是不行的。我注意到很多写作者都有酒的问题，喝了酒会不会写得更舒服一点，或者没有酒喝会不会死掉，如果要去考虑这些问题，酒就真的成为了一个问题。也有可能是因为没得选择，如果饮酒已经成为了大家的生活方式，一个中国的习惯。我终于看了《化城再来人》，我一直忍着没有去看任何一部《他们在岛屿写作》，我很想看的书和电影，很想吃的东西，很想爱的人，都忍着，不去碰，留到最后一刻，有时候就吃不到了，有时候真的很想看的书和电影就真的不想看了，有时候爱人也不见了。我终于看了《化城再来人》，我选择紫色。我选择冷粥，破砚，晴窗。我就哭了。即使周公说的，别哭。我有过一个创作谈收在一套上下册的集子里，上册是《我愿意这样生活》下册是《我的自由选择》，十六年前的书，但是书名超越了时间。我在 2014 年的春天去到台北，我模糊地知道武昌街明星咖啡馆骑楼下面有过周梦蝶的书摊，我模糊地知道他，但是我不知道《孤独国》和《还魂草》，我不懂写诗也不读诗。我去了明星咖啡馆，就像我模糊地去了旧金山的城市之光，在那儿呆了一个下午加一个傍晚，我都不知道我为什么会去那里我只是路过。我要的是茶和蛋糕，那一天是四月十五日。我不要咖啡，放了八颗方糖的咖啡，会甜一点吗？我也不要俄罗斯软糖，我根本就不喜欢甜。吃完蛋糕喝完茶，下楼梯到咖啡馆的下面，对面是城隍庙，面包店旁边是茶叶店，茶叶店的前面坐着一个卖白兰花的老奶奶，我买了白兰花，我总是会买白兰花，香港有时候也有，早晨在佐敦。周梦蝶的书摊当然是早就没有了，八十年代，那个时候我还是婴孩，根本就没有可能去到台湾。周梦蝶五月一日病逝，我已经从台湾回到香港。我理解的周梦蝶的写作，是用写作寄托悲苦，死亡都无法摆脱的悲苦。所有选择了写作的写作，就已经是一个证明。我从前以后都没有可能说出为内心写作这种话，如果一定要有一个写作的理由，肯定是爱。我在说主动和证明这两个词的时候没有经过大脑。总有一些词是不经过大脑的，比如我爱你。

所以我只是抑郁，写作者的抑郁肯定是因为太内省了

傅小平：你说厌倦是你写作的主题，很好。要把厌倦写到极致，通过写个人的厌倦，写出人的普遍性的厌倦来，还有通过写人的厌倦，写出人类根本性的处境更好。怎么理解厌倦？为什么 24 岁以后就不读书？难道不读书，也是出于对书的厌倦，对人世的厌倦？

周洁茹：所以还是要来讲厌倦。我有个习惯的句子，"心里面充满了厌倦"，出现在我的小说里也出现在我的散文里。这个句子的前面往往是一个好句子，"他说这样的话，她又觉得是负担。很深的厌倦。"（《再见》）"我只是想着要离开，心里充满了厌倦。我的厌倦持续了很久。我终于离开了。"（《夕阳码头》）我有时候在厌倦的后面跟一个问号，"可是每天每天都要做，会不会厌倦？"（《星星不见了》），出现这种情况已经是最不厌倦的厌倦。我写男女的分手，如果一定要有一个原因，肯定是厌倦。厌倦是相互的。没有第二个原因。有个炼金士说的，有些事情只会发生一次，当第二次发生后，就难免会有第三次。偷情肯定会发生很多次，只要发生过一次。有些事

情只会发生一次。我的第一次厌倦发生在幼儿园，我有个孤独症同桌，口水流到画册上，我每天替他做他的图画作业，每天画一条船，避开那些口水，画完他的画我自己的，我不厌倦。我的老师每天发给我一种乐器，一个木鱼，我们也有三角铁和沙锤，我只有一个木鱼，每天，我也不厌倦。我们每天吃炖鸡蛋我每天拖延，把炖鸡蛋藏到碗底，把炖鸡蛋弄到地上，我太不厌倦了。动来动去的小孩，都不肯闭眼睛，搞到全班都睡不好午觉，老师只好关她进储藏室，锁上了门，中午加下午，下午加傍晚，储藏室里是黑的，储藏室里也没有声音，我厌倦了。有些事情只会发生一次，死只有一次。没有人知道储藏室里发生了什么，小孩的家长来接，小孩被想起来，放出来，这个终于不再动来动去的小孩得到了一个母亲的礼物，幼儿园门口摆摊卖手作的老太太，卖出了一只灯芯绒布做的狮子。我和这只狮子永远呆在一起，他的眼珠是棕色玻璃透明的。我长大以后，他只有我手心的大小，我把他带去美国，当然也有人带着一口铁锅和一块磨刀石搭上了留美的飞机，我带走的是一只灯芯绒狮子。你一定要我说出来我有多厌倦。到了美国以后我从来不去书店，我也直接跳过网络上的文学的新闻，如果我得途经一个图书馆，我会绕过去，宁愿多走两个街区，看都不要看到。我再也没有看过文学的书，自己的，任何别人的，我强迫过自己，一定去买一本他们都说很强的小说，强迫买，强迫翻开书页，我快要吐了，生理上的。而你也知道，我自己曾经是一个写小说的，不写我会死的。储藏室里什么都没有发生，储藏室里是黑的。

　　傅小平：所谓的阅读障碍吗？那更得谈谈阅读了。谈谈阅读吧，你二十四岁之前的阅读。它怎样提供了你此后写作需要的文学资源，又怎样造成了你的阅读障碍？为什么二十四岁成了你大量读书，与此后不再阅读的分水岭？

周洁茹：我写过一篇《童年阅读》，一年前又写了一篇《阅读课》，在不阅读的期间写阅读，很费精力，有点不想再重复答这个阅读的问题了。但我现在想起来，我写《童年阅读》来告别阅读实在太酷了，我谈了所有对我有特殊意义的童话，我说我把《霍比特人》当做一个复杂的童话看，就像我小时候读过的那本《牛天赐传》，我一直以为那是一本童话，后来才知道不是，可是有什么关系我已经忘不了它。我读过的一切都不著名。我最爱的童话作家仇重先生，你一定不知道他是谁，他和他的故事都被遗忘了，也许他从来都没有存在过，他只是我的一个幻想。我甚至读过一本《巨人》，那一期最好的故事是一头小狮子在大雪天逃出了魔界，帮助它的是三只松鼠，它们都被冻僵了。我有过《玛丽波平斯回来了》和《小无知漫游月球》，两本都是第二集，所以我记忆中的玛丽和小无知总是不完整的，因为我不知道他们在第一集里都干了什么，我也得不到第一集，我看完了《随风而来的玛丽波平斯》也没有为我童年时期那些折磨我的迷惑找到答案，玛丽从哪里来又到哪里去了，玛丽是天上的第几颗星或者她根本就不是一颗星，我已经找不到关于小无知的一切了，它也许也是我的想像。还有血淋淋的格林童话，像王尔德那么血淋淋吗，被践踏的夜莺血玫瑰和破了心的快乐王子，我读过最血淋淋的童话是关于一头不知出于什么原因被吊死的胡狼，还有一个手一直抖的富人的故事，富人的手总是发抖，于是富人杀死穷人取穷人的血洗手，富人每天都杀两个穷人，那些穷人挂在那里，他们的血还是温热的。这个故事令我想起那头不相干的胡狼。胡狼的故事记载在一本蓝色封面的书里，书里的第一个故事是一个每天都被杀好几回的公主。我在《阅读课》里面又讲到这位公主，一个魔王抢来一个公主求婚，可是公主不爱他，眼泪流啊流啊全部变成珍珠，魔王就杀了她，砍下她的头装在箱子里，鲜血变成红玫瑰，逆流而上。第二天魔王用药水涂抹公主的头和脖子，公主复活，眼泪变成珍珠，魔王再求一次婚，公主再拒绝，魔王再一次杀了她，血变成玫瑰，就这样过了好多年。一个每天被杀，又每天复活的公主。我也会无数次地提及《芒果街的小屋》和一个口里有宇宙的印度小孩。我的整个童年都以为一个土豆就是一个宇宙，土豆煮熟了，宇宙也熟了。我在已经不读也不写的期间还要写那篇《阅读课》是因为我们都面临的小朋友的阅读问题，我甚至正视了我较差的结构框架但还是不列提纲地讲了几点：童年阅读改变人生。写作的问题是阅读的问题。对一本书反复阅读。阅读没有期限。我回忆我的童年阅读"给了你一个世界，无边无际的想像，甚至一个你自己的结局，甚至一个完全没有结局的结局，就像一颗星星划过无尽的天空"。我都被我自己打动了。可是我的现实就是我不读了，我在中止写作的同时中止阅读，我对一切都烦了，不仅仅是写作和阅读，吃饭都烦了，肯定是抑郁症。如果是现在的这个时代，我得喊一句我是抑郁症你们都要让着我才对。可是真的抑郁症很多又是不自知的，所以我只是抑郁，写作者的抑郁肯定是因为太内省了，思考太多其实不是你自己的问题。两年前我终于去了从来不去的香港书展，我对坐在我对面的姑娘说"如果你不能够再写作，请保持你的阅读，阅读是你走进森林里手里握着的那根线，即使你迷路了，你也找得回来。"我真是太多情了很多时候。我自己还在森林的深处，而且两手空空，什么线都没有。

打开自己难免受伤，打开自己的人，是什么都顾不得了

傅小平：还是回来说厌倦。厌倦是一个很好的主题。但厌倦，很多时候只是被认为间歇性的情绪，有谁能在一天中没有对一件事感到厌倦的时候呢，又有谁在一生中没有对一个或几个人厌倦的时候呢。厌倦就厌倦得了，大不了性情一点，我不做这件事，我离开这个人，找到新的刺激去，然后又是新的厌倦，如此循环往复。但厌倦，似乎仍然只是一种情绪，一种可以摆脱的情绪。它没有和迷惘、忧愁、悲伤、厌世，甚至是垮掉一样，成为用学术化的表达来说，就是本体化的一个词，也就是说，厌倦看来很难成为能上升到哲学意味的主题。当然你的厌倦要说有不同的地方，看来它是由天赋引发的厌倦。这很是有点麻烦啊，与天赋共生的厌倦挥之不去，就是天赋消散了，厌倦都不会消失。但话说回来了，不管真实也好，虚伪也好，文坛中人，还真没几个会自称天才，这不是让自己下不来台嘛。坦率地说吧，天才无法证实也无法证伪。但我想知道，像张爱玲一样从小被目为一个天才，长大了，这个天才又经历了那么多悲欢沉浮，会是这样一种复杂的人生况味？

周洁茹：如果我真来谈经历悲欢沉浮的天才的人生况味，才真是

让自己下不来台嘛。你不是天才我也不是。这个世界不缺乏标签自己是天才的作家评论家，我是相对冷淡的水瓶星座，不为成功不择手段，眼睛里没有大腿也没有货币单位，我的心和身都不在地球。若说是天才张爱玲有什么特别吸引我的地方，就是她年老以后的生活，拖鞋和纸箱，行军床，空房间，真的就是我的终极理想。如果我将来会为了什么杀掉我自己，一定是因为太多书和家具，放满了东西的空间，我会被东西杀死。

傅小平：说厌倦，说到底也是对生活的厌倦，所以有必要问问生活是哪里来的。你虽然足迹遍及很多地方，但并不是那种主动融入生活的人，相反是有意无意保持了距离的，况且不少时候，还关起门来，有点与世隔绝的意思。那怎么去感知生活，触摸生活？要回答这个问题，恐怕还得回到你的天分，是不是你对生活有与生俱来的强过普通人的感受力和理解力？

周洁茹：如果我一定有一个关上了门的期间，就是我在美国的九年。但那九年，我才是真正努力地生活了，加上我后来在香港的七年，我成为别人眼里可亲有耐心又很照顾朋友的好人。回来写作我得把所有的门都打开，把我自己打开。打开自己难免受伤，所以打开自己的人，一定是什么都顾不得了。我变回我，我是有多爱写作。是的对很多人来说，厌倦也是一件奢侈的事情。有钱人的烦恼也是比穷人的烦恼更有钱一点，但不会更高贵一点。如果你是觉得我从小没有生存的压力，对生存不易也没有很深的体会，好吧我也许是没有生存的压力，可是我根本也没有生存的意愿。这种不珍惜也没有生存意愿的情绪陪伴了我大部分的人生，我永远都需要找到一个理由支持我生存下去。我有一个朋友，被离婚以后天天不吃饭，有时候吃一点饼干，她也是真的，根本就不需要吃饭，因为吃什么对她来说都是一样的。我们有时候一起吃饭，都是非常好吃的饭，我们坐在很好吃也很好看的食物面前，她看着我，我看着她，吃一口饭变成了非常艰难的一件事情。她说怎么办吃不出来味道，所有的东西都没有味道怎么办太没有办法了。我只好说当橡皮吃吧不吃会死的。我倒是还能吃得出来味道，咸的或者甜的，我的问题是我不饿，饿了也没有饿的感觉，我也可以不吃饭，一天都不用吃，我用不吃饭会死的这个念头来让自己吃饭。我活到了现在，支持我活着的理由，肯定是爱。

最不需要的就是代言人，有谁可以代表一个时代？

傅小平：说到支持你活下去的理由是爱，就说说怎么理解爱吧。生活中的爱，小说里的爱。怎样用写作表现生活里的爱？爱很简单，爱也很复杂，表现方式更是无穷多，我记得司汤达写过一篇论爱情，把爱情就分了很多类型。说说你的理解吧。

周洁茹：我突然接到一个朋友的电话，问我在不在她父母家附近？因为我父母家和她父母家很近，我可能会在我父母那里。一般情况下，我不会在我父母那里，很多时候我不吃饭，我妈就叫我爸送饭过来，坐在饭桌的对面看着我吃下去，我很少去我父母那里。但是我正好在我父母那里，因为他们正好要回一下江苏，我去送他们。朋友电话来的时候，我刚送了我父母上车，他们也从来不要我送到机场送到火车站，任何可能制造告别伤感的地方。我的朋友说她妈妈突然不舒服，第一次按了平安钟好像也没有按对，她帮叫了救护车，现在她要从公司请假赶过去，最快也是一个小时，如果我可以去看一下她父母家的情况，她也没有别的人拜托。朋友的父亲小中风，这些年都在做康复理疗，平日都是躺在床上，只能躺在床上。我父母有时候在楼下看到我的朋友的父母，朋友的母亲推住手推车，朋友的父亲坐在上面，一起去街市买菜。我父亲有时候约那位父亲一起抽根烟，他们在香港也找到了秘密的可以抽烟的地方。我父亲说推过一次那台手推车，很重。我和我的朋友都是独生子女，朋友的父母居住在香港，我父母宁愿来来回回，尽管他们在中国也的确无人照顾，父母们在香港也不跟我们住，而且住得还很远。我赶去朋友父母家，楼下已经停了一辆救护车，我直觉是来接朋友母亲的救护车，那是我第一次这么近地看到香港的救护车。我上到楼上还走错了，其实那么大一台担架床就停在走廊。我站在门口不知道怎么办才好，其实我快要哭了我第一次看到担架床。朋友的母亲跟着医护走到门口的时候还返回来给我一个拥抱，说，不好意思麻烦你过来。我说阿姨你躺上去啊。朋友的母亲说，我自己走我可以撑到楼下。然后我坐在电视机旁边的椅子上看着朋友的父亲，朋友的父亲坐在沙发上看电视，内地古装剧。我已经有十年没有看过这种剧了，演员的表演的确浮夸。时间过得太缓慢了。朋友的父亲突然跟我说，我在看龙应台的书，其中一段很有意思。朋友的父亲给我读了那一段，我没有听清，因为朋友的父亲突然大笑起来，但是我分不清楚他的表情是大笑和大哭，我真的被吓到了，我还从椅子上站了起来。最漫长的一个小时。朋友过来，我说你妈妈不肯躺到担架床上，自己走下去。朋友说他们就是这样啊父母就是这样啊我们都没有办法。我说那我走了啊。我在回家的路上微信我爸妈江苏冷不冷？我妈说还好，尽管你爸一到家就把所有的羽绒衣裤都翻出来套在身上了，出去的话再套一层，我爸说不过是在冰箱里生活一段时间而已再加个笑脸。然后我失眠了。一直到凌晨四点，一个字都没有写。然后收到我的朋友发来的微信，问我可不可以早上再过去看一下她的父亲。我说你妈妈去了急诊你就应该把你爸爸带回自己家的。朋友说她妈妈后来好一点了检查也没有问题就回家了，可是半夜两点又不好了又叫了救护车去了医院，她自己又是早上七点搬家，租约的最后一天。我说我失眠，她说那算了，我说我看我的情况办吧。我知道她肯定是一夜没睡，她还要上班。到了六点，天黑着，我出了门，去看一下她的父亲，我想的是，至少应该送个早饭，这个我可以做到的。我在她父母家附近买了粥和捞面，上到楼上，门紧锁着。我打电话给朋友，我问她你爸能开门吗？她说可以。我就隔着门说叔叔您慢慢地，我没什么事我就门外面等着。十五分钟以后，门没有开。朋友微信问我门开了没？我隔着门问叔叔您挪到哪儿了？朋友的父亲说不行啊，实在起不来。朋友说搬家公司刚到，我这儿正一团糟，我也不想打电话给我爸，他肯定是我妈去了医院以后就一直坐在沙发上，从凌晨两点开始，坐到现在，而且他还不承认。那你什么时候能过来开门呢？我问我的朋友。你问下我爸他戴表了没有？我的朋友说。我说我不问我干嘛要问。我的朋友说问吧问吧我怕我爸等我等得心急，我给他一个我能赶到的准确的时间。我就问了。朋友的父亲说戴了。朋友说他肯定没戴他就是太好强了。我说我疯了。我说我能撬门吗现在。然后我把早餐挂到门上，一边挂一边隔着门说，叔叔您尽量挪一点儿吧挪床上躺着别老坐着，躺一会儿再看看是不是还能挪到门口拿个早饭，挪到了就有早饭吃了。朋友的父亲说我不饿。我说你女儿马上就到了。朋友的父亲说，哦。我说完赶紧走了，我的头都要炸了。到了楼下，我终于哭了。我说了这么长的一段你肯定在想，你在说什么啊。我在说爱，因为我不知道还有别的什么爱，我只知道我们与我们的父母是爱，那些爱都是牵挂的都是折磨人的。家人的爱支持我们活下去，爱没有表现方式。

傅小平：出生于七十年代，是不是说，你就会更多认同自己是七零后作家？你会不会给自己的写作设立一个潜在的坐标系，比如，我在七零后这一拨里处于怎样一个位置？七十年代这样一个背景，对你的写作意味着什么？比如有些作家就觉得，七十年代是一个尴尬的年代，似乎不像五六十年代那么理想化了，又似乎不像八九十年代那么市场化，像是处于两边都不靠的，特别不彻底的中间状态，胶着状态。这种状态对写作又有什么影响呢？

周洁茹：如果我说我不回答这个问题，这个问题就不存在了吗？我当然要面对这个问题，就好像我当然要面对美女作家这四个字一样。我说我不是七零后作家我就不是了？也有人说他们才是七零后作家，他们就是了？我当然是作家，我当然也是美女。至于七零后，这个不是我能够选择的，就好像成为了一个独生子女也不是我选择的。很多七零后不是独生子女，我觉得他们想事情和做事情的方法就很奇怪，他们又不需要像我们一样，承担被溺爱又自私的名，又真实地要独力承担老人和儿童。不过 1976 年到 2016 年这四十年中出生的中国人，将成为全世界最独一无二的一群人，作为这里面的一员，我简直悲喜交加。至于七零后作家，首先它又不是现代消费主义，你来致敬我也来致敬。然后就代际阵营本身来说，它最不需要的就是代言人，有谁可以代表一个时代？我喜欢葛亮谈到这个问题时说的话："我的写作意义在于我的写作行为本身，而不在于我需要为哪个代际去写作。"我也喜欢顾彬说过作家写作的时候，他们应该超越他们民族的观点。他启发了我这么想，作家在回答关于代际的问题时，他们应该超越他们时代的观点。

香港、英文写作及其他的话

问：曹瑛，画家，现居洛杉矶。

答：周洁茹，作家，现居香港。

―――――――――――――――――

1　请介绍一下自己好吗？（你的家乡？你什么时候开始写作？什么激发了你的写作兴趣？）

我来自中国江南，一个在中国古代的诗歌里非常优美的地方。我的故乡冬天很冷，很湿的冷，不下雪，可是比下雪还要冷，冷到骨节缝里的那种。中三放学后的一天，一个同学邀请我去她家喝一碗豆腐汤，我们一起喝了汤，然后躲到被窝里听流行歌曲，那个傍晚真的太美好了。我就为了我得到的第一份友情和那碗热汤写了第一首诗，诗在中国广东的一个青春刊物发表，我开始写作。那首诗已经找不到了，大意就是这个世界是被迷雾笼罩着的，人和人互相看不见，但是只要你付出一点勇气，伸出手，牵住你的朋友，就能够看见彼此。

2　你最近在中国出版了一本新书，可以谈一下这本书吗？

我夏天的时候出版了十五年来的第一本随笔集《请把我留在这时光里》，英文书名《Time past Time Forgotten》是向艾略特一首关于时间的长诗《四首四重奏》致敬。

Time present and time past

Are both perhaps present in time future

现在的时间和过去的时间

也许都存在在未来的时间

十万字的随笔，四个章节，《加利福尼亚的春夏秋冬》《新泽西在纽约的旁边》《我的香港》和《写作的愿望》。加州、新泽西、纽约和香港，都是我居住过的地方，所以这确实是一本叙述生活状态的书。只是，加利福尼亚其实是没有春夏秋冬的，加州的每一天对我来说都是一样的。

3 请你谈一谈为什么会选择艾弗内尔的经历做主题？

其实我写了所有我生活过的地方，但最终只把《后来的房子》这一个翻译成英文。就像你读完了这个小说以后说的第一句话，结构很好。《后来的房子》是我的长篇小说《岛上蔷薇》中的一个章节，《陌生人》选本的编辑希望我选择一个发生在美国的清晰的故事。因为《陌生人》的主要读者应该是在英语国家，编辑希望这个故事对英语读者不构成阅读理解力的问题。而且就整个长篇小说来说，这一个章节的结构主线也是相对完整及清楚的，所以我最终选择了它，《后来的房子》。

4 这些是你个人的亲身经历，还是别人的故事？

这些艾弗内尔的经验基于我自己的生活，我在新泽西州的艾弗内尔居住了将近一年，所有的情感都是真实的。在所有我居住过的地方里面，艾弗内尔最像是一颗遥远的星星，一个月亮，这个月亮会下雪，雪下起来没有声音。

5　文中你引述了德国作家乔纳希的儿童故事《到巴拿马去》，这
个故事给你带来了哪些灵感？

2001 年年尾的冬天，我从加州回到中国，过中国年，探望父母。
这对我的家庭来说很重要，我是我父母唯一的孩子，我就是那种中国
的第一代独生子女，我回一下家，会是我父母最大的幸福。我的故乡
冬天很冷，我几乎不能够从床上爬起来，我无法想像我曾经在这个地
方连续居住了二十四年。那些天还是黑的冬天的早晨我是怎么爬起来
去上学，去上班的，我已经完全不能够去回忆了。至今为止我都是这
么认为的，中国江南的中国人，拥有了全世界最顽强的意志力。我躺
在床上，等待回加州的飞机，然后我接到了一个电话，一位来自中国
北方的编辑，甜美的声音，希望我能够为他们的出版社完成一个长篇
小说。我说我只有七天，我就要离开中国，回美国，而我在美国是一
个中国字都不能写的。她说那么我们还有七天。然后我就坐在床上开
始写那个长篇小说，每天早晨我们会关于这本书通一个电话，我会谈
一些我在美国的生活，那些生活在那个时候完全毁坏了我的写作。她
仍然希望我是亮晶晶的，我的书也是亮晶晶的，一切都往最好的方向去。
尽管我没有时间，我都没有回过去看一眼自己写的字的时间。最后我
终于交出了那个七万字的长篇小说《中国娃娃》，在我上飞机的前一天。
那位编辑为《中国娃娃》找了一个非常可爱的插画师，那些画都棒极了，
真的就是画了一个流浪的中国的娃娃。然后在 2002 年书出版的时候，

我又回了一次中国北京，去配合《中国娃娃》的首发会，他们为书做了一个小动画，并且做了一些网络的推广和尝试。我才见到了我的编辑，一个娇小但是内心强大的女孩。她给我讲了乔纳希的这个故事。我记得这个场景是因为她讲完了故事以后哭了，我没有。接下来的十三年，我再也没有写作。在我重新开始写作《后来的房子》的时候，我突然想起了她和那个故事，我就把这一段写了下来。写完了以后，我终于也哭了。我想我到了那个时候，才真正理解了乔纳希的故事。流浪的意义，艰难的寻找，以及最终的回归。

6　对阿妮塔和梅两位女性的描述令艾弗内尔的故事起伏有致，你是有意图地选择描写女性吗？

我后来再也没有她们的消息，阿妮塔和梅，但是我希望她们的孩子长得很好，她们最后得到了她们想要的生活。我也一直没有我《中国娃娃》的编辑的消息，我找过她，找不到。夏天，我为了我随笔新书的首发会去北京。因为与第二场的新书会相隔了三天，我尝试使用这个期间与北京一个美术村庄里面的书店合作，多做一个谈话会。书店的店主说，嘿，我知道你，你十四五年前有过一本书《中国娃娃》。我太惊讶了，几乎没有人再记得这本书，我自己都要把它忘记了。店主说，我太太就是《中国娃娃》的插画作者。我几乎哭出来。我从来没有见过《中国娃娃》的插画作者，我只有她的一个名字，还是一个笔名。但我终于得到了一个信息，这个女孩最后嫁给了一个书店的店主，得到了她想要的生活。我仍然没有《中国娃娃》的编辑的消息，但是我相信她也得到了她想要的生活，在这个世界的某一个角落。

7　离开艾弗内尔以后的生活是怎么样的？

我后来搬到了新港，与纽约市一河之隔的新港，从艾弗内尔离开以后。我当然也为新港写了独立的一个章节。新港在我的小说里是一个大冰柜，里面装满了各种各样奇形怪状的被冷冻了的东西，鱼，水果，还有纽约起司蛋糕。如果可能的话，我愿意另外再与你谈论一下新港，最好我们也把《新港》翻译一下。

8　你现在正在进行哪些创作？

长篇小说《岛上蔷薇》。是的，这本花了我太多时间的书终于将要在2016年的春天出版，之前它作为一个小长篇已经在中国的《作家》杂志刊载过，出版的时候我增加了香港的部分，我现在住在香港，我认为这是必要的。接下来我会为这本书接受一堆访问，就像我们现在正在做的这件事情一样，但是我对很多问题没有期待，我之前已经遇到了一堆不知道自己在说什么以及对你的作品也没有感觉的访问者。等到一个真正对的并且酷的提问者需要好运气和时间，我确实等到了你。谢谢你。接下来我仍然会继续写我的短篇小说，事实上我是一个写短篇小说比写长篇小说好一点的作家。然后我还想做一件事，就是去问一下所有我认识的出生在1971年以后的中国的作家们，你为什么写作？我看到作家棉棉已经在一个电视访问里回答了这个问题，她说的是，I write because I have to write. 我之前说过《中国娃娃》是一个儿童小说吗?《岛上蔷薇》是一个长大版的《中国娃娃》,主角不再是一个七岁的小女孩,周游世界,最后停留在时间的缝隙里,没有结果。《岛上蔷薇》里面的姑娘们都离开了家乡去寻找她们的巴拿马,有人找到了,有人失踪了,有人从原点回到了原点,就像故事里的老虎和狮子一样,他们一起笑着说,一个漂亮、柔软的长毛沙发是多么舒服啊。

问:王芫,美国紫色飞马出版社总编辑
答:周洁茹

9 请你谈一谈用英文写作的经验。

我不能用英语写作,我的英语成绩很差。在我回答这些问题的时候,我都是两套思维模式,因为我看到了英语的问题,我的回答就不自觉地倾向英语化,但是我又会不自觉地再把它转换成中文写出来,一切转换都发生在我的脑子里。

10 你将来会有英文写作的作品吗?

因为我的英文很差,所以我以后也不会用英文来写作。我在夏天的时候尝试做一些艺术评论方面的工作,我翻译了美国画家 Marc Trujillo 的访问,那个两千字的访问花费了我的三天三夜,而我写一个两千字的中文小说仅仅需要一个小时。不完全是因为我对艺术史没有了解,光是那些颜料的专用的术语就快把我弄疯了。艺术当然是相通的,

但是真正要到跨界的同时才真正得面对自己的局限，我对于这样的限
制总是无能为力。学习的道路是无止境的。

11　你觉得英文写作有哪些困难？

我使用英语来买菜的时候还不错，尤其在香港，英语比有口音的
广东话得到的态度要好很多。但是用英语来写作或者演讲显然还是有
难度的。很多时候我也掌握不好英语的节奏，中国人讲英语出现问题
往往不只是口音的问题，很多人停在一个不应该停顿的地方。并不是
他们不认得那些字，他们只是需要换一口气，可是任何断断续续的句
子都不会是优美的。

12　你喜欢英文吗？

我读这些英文的问题很快乐，因为它们比中文问题的意思更宽泛，
我的回答可以往无穷无尽的方向去。甚至可以飘掉，像一个红气球。
中文问题永远都像是一个风筝，无论你飞得多高，总有一根线攥在提
问者的手里，而且他一直在努力地把你扯回来。

13　你是否有紧迫感？当下用作品和英文读者交流是必须的吗？

我觉得英语读者其实已经身处一个被培养得很好的环境里了。各
种阅读的需求都被考虑和照顾到，有责任心的引导，每一个阅读者都
被尊重及严肃的对待。很多中国的读者是不知道自己应该读什么的，
所有阅读的指导都是利欲熏心的，阅读者和出版公司都不再互相信任，

因为每一个人都在说假话，说夸张的话。这一点也体现在编辑与作者之间的关系上。我在与你们的编辑就这个短小说进行沟通的时候，我发现她在每一个她认为有疑虑的地方都做了记号，再来询问我。那些地方其实她自己都是理解的，她还是使用了这个建立一个证据的方法，去为她的读者们负责。她对她的读者太过于负责，导致的结果就是我得一个一个地去解释那些问题，直到给到真正清晰明白的答案。甚至修改会制造问题的单词。但是在这个过程中我是欣喜的，我从1991年我15岁的时候开始发表第一个作品，从1996年开始大量地发表小说，一直到2000年停笔。这个期间，我发现编辑们已经不大会改你的稿了，并不是因为你的作品真正就是像一个大师那样完美，一个字都动不了，而是大家都没有这个改稿子的意愿和习惯了。我从一些年长的作家那里听说，他们年轻的时候还会有一些改稿会，大家聚集在一起，看看山水，谈谈文学，改改稿子。这样的心和格式，在我开始写作的时候，就没有了。传统的有人情味的东西都没有能够得到传承。甚至现在的一些年轻的编辑，会向当权者献媚，会拉拢年轻的作者建立一个交际圈，甚至创造一个个人的文学奖，对处于停顿和衰退期的作者则口出恶言，年老、过时和性别都成为了言语的武器。编辑这个身份的品德底线已经没有了，就没有办法再去谈人类的良心。一个时代的堕落是从嘲弄诗人开始的，一份刊物的堕落也是从嘲弄自己的作者开始的。我停留在香港，大概也是因为香港最后还保留了一些传统的美好的东西，而且香港一直在很努力地保护着这些东西。香港作家们的架构可能都是散松的，因为没有一个人混来混去，大家都要谋自己的生，以写作之外的方式。写作成为了真正干净的一件事情。

14 哪本英文书是你推崇和喜爱的？

我觉得要有资格回答这个问题必须是你真正读过这本书的英文的版本，很多人说来说去，他们读的都是不同的翻译的版本，就像批评家对作品的解读不过是对自己的解读一样，翻译家也有自己的意图。所以很多人理解的不过是翻译家理解的英文小说。我唯一读完整的英文书是《我家住在 4006 芒果街》，在我刚刚到达加利福尼亚州的第一个月。我在加州的湾区住了将近四年，我甚至会说一两句西班牙语，我对于墨西哥人盛装的骷髅和像鲜花开放一样的死亡一直保有兴趣，但是我没能够去一次墨西哥，人对于自己总是没有的东西总会保有持久的神秘感。《我家住在 4006 芒果街》是美籍墨西哥裔女作家 Sandra Cisneros 的作品，在我读完它之后的第二年，由一个台湾的十三岁女孩翻译成中文，进入了中国。Sandra Cisneros 那种语言的节奏和气息是我特别着迷的，我也总是特别偏爱描述残酷童年的作品，我自己也是这么写作的，在我还很年轻的时候。我们都在伤害中长大，但是从来没有停止过寻找，未来和梦想，真正想要的生活。读完这本书之后，我真正停止了写作，直到十五年以后，再回来。我有时候吐出 Esperanza 这个音节，毫无意义的，直到有一天我突然意识到 Esperanza 是《我家住在 4006 芒果街》那个女孩的名字，这个女孩从墨西哥移居到芝加哥，经历身份认同，男权制度，妥协和反抗，这个女孩的名字读出来，就像是一朵花，开在舌尖上。于是我知道我对于写作一直牵挂，即使我没有再写一个字，我也没有真正放下。中国很多作家和评论家的硬伤是英文，很高兴这个问题在更年轻一点的作家和评论家身上会得到改善。

15 你的理想家园是什么地方？

我想是火星吧，我可以真正享受我自己的孤独。我还可以种一点儿土豆。

16 我在编《陌生人》的时候想到你，我想你在美国生活过好多年，你一定有写美国生活的短篇。看了之后才发现美国经历对你的影响还真是不能低估。看完《后来的房子》，我都感动得哭了，那么一种冷。你在和曹瑛的问答里谈到艾弗内尔给你的印象就是会下雪的月亮，新港给你的印象就是大冰柜，是美国东部给你的印象格外冷？还是整个美国经历给你的印象都是冷？你对加州的印象怎么样？提到加州，你脑海中的图像系统反映出的是什么？

说起加州，我竟然想到的是樱桃，而且是那种并蒂的樱桃，还有樱桃树丛林。我在加州的老师夏伦来自明尼苏达州，夏伦金发，蓝眼睛，像一颗真正的美国甜心。夏伦还没有小孩，她和她的丈夫住在学院街的一幢大屋子里，她的厨房贮藏了足够整个冬天的食物，我猜测她的准备是为了随时可能发生的加州大地震。我问夏伦明尼苏达是什么样的，因为我没有去过明尼苏达，她说明尼苏达很冷啊，她所有的家人都还在那里，她很想念他们。她说明尼苏达那么冷那么冷，永远都在下雪，有一天她在上学的路上发现了一颗草莓，鲜红的野草莓，那么甜美的滋味，她永远都不会忘掉。夏伦的故乡记忆应该就是一颗雪地里的草莓吧。我的故乡也很冷，非常冷，又非常湿，可是很少会下雪。和中国北方的城市不同，我的故乡房子里面没有暖气，如果房子外面冷得就像一个雪柜，房子里面也是一个雪柜，我所有故乡的家人，从一个大雪柜，移动到另外一个小雪柜，再移动到另外一个小雪柜，每一个人都是僵硬的。我从故乡去到加州，加州的四季都不是那么分明的，加州永远都有绿的树，阳光和水果。但是我只摘过一次樱桃，我躺在樱桃树下面，一颗一颗红色的樱桃，每一颗都好像在跳舞，然后我就在我的头顶看见了一颗并蒂的樱桃，就像是一颗心。那个采摘樱桃的春天我还在一段恋爱的关系中，爱情也真的发生了，摘完了樱桃，我就失去了恋情。但我仍然感激那一段时光，也感激那个爱过我的人。我是在新泽西的大雪天搬到新泽西州的，早晨还是加州的春光明媚，几个小时以后就是齐膝的积雪，而且这一切都发生在美国。那是我第一次见到那么多的雪，因为屋子里面有暖气，我们都躲在屋子里，所以听不到大雪落下来的声音，但是我想下雪一定是会有声音的，我想像是糖霜洒在软巧克力饼干上面的声音。艾弗内尔的奇异之处还在于它的地理位置附近应该没有海湾，国家公园，所有与水有关的东西，但是我真的见了海鸟，在飞舞着雪花的天空回旋。后来我在香港的高楼之间看到鹰，这个世界再也惊吓不到我了。这个世界就是这样的。

17　我感觉你的思维方式里，图像思维似乎特别发达。你有没有想过当画家？

我在一篇艺术评论的文章里提到过，我有透视的问题，画什么都是平的，我中学时候的同桌问过我这个问题，我反问她，我为什么会透视？我是 X 光机吗？所以我不会成为一个画家，我眼睛里的世界都是平的。但是我成为了一个作家，因为我眼睛里的世界是平的。

18　你的语言特别独特。我在编你的英文稿时，能时不时地想到你的中文。你的英文也和你的中文一样有个性，都有那么一种碎碎的，但是尖锐的美。我请了一个母语是英语的编辑，她是加州大学尔湾分校英语系毕业的，她在做文字编辑的时候，喜欢把作者的复合句改成简单句，喜欢把不完整的句子被齐了。在编你的稿子时，我跟她说：不要改周洁茹的句子，我知道这就是她的风格。她的中文就是这样的，我就喜欢她的英文和她的中文风格一致。

谢谢王芫。《后来的房子》的英文翻译是我的童年好友曹瑛，她比任何人都要理解我，甚至超过了我对我自己的理解，所以她的译文最大可能地留存了我的风格，包括那些尖锐的碎碎。最重要的一点是，她爱我，那些最真实的情感都从译文里透露了出来。也谢谢我的瑛。

19　我很高兴你的长篇《岛上蔷薇》在出版的时候又加了关于香港的一章，那么对你来说，香港是这里呢还是那里呢？

香港是这里。我在香港居住了七年，明年是第八年。可是之前的七年都是那里，尽管我一直居住在这里，从这个第八年开始，香港才成为了这里。这是一件奇妙的事情，你知道香港的法律，连续居住在香港七年，才可以申请成为一个永久的香港居民。不是六年也不是八年，是七年。这个七年是如何界定的？谁界定的？可能都不重要。我曾经以为我在香港最多住一年，或者一年半，我就得回故乡，或者加州，我没有考虑第三个地方，最多是拉斯维加斯，因为寒冷和潮湿的天气状况会加剧我的关节疼痛，全世界只有沙漠中的拉斯维加斯炎热，干燥，白天的街道空旷而且明晃晃，我不考虑夜晚，夜晚我从来不出门，是我的理想环境。就像所有的人那么认为的，香港不过是一个时间的缝隙，大家在这里中转，没有人会真正留在这里。我来到香港的第一天也是这么确定的。要到七年以后的那一个早晨，整整七年，我突然听到"咔"的一声，那个瞬间，我就从那里，跨到了这里。一切都发生在你的内心深处，我从二十九跨到三十岁也曾听到那个咔声，可是我变得更好看更迷人了，是从三十岁开始的。我很快就会听到三十九岁跨到四十岁的那个声音，我对四十岁以后的我充满期待。

图书在版编目（CIP）数据

我当我是去流浪 ／ 周洁茹著．—济南：山东画报出版
社，2016.10
ISBN 978-7-5474-1954-0

Ⅰ.①我… Ⅱ.①周… Ⅲ.①散文集－中国－当代
Ⅳ.①I267

中国版本图书馆CIP数据核字（2016）第140855号

责任编辑 秦　超
装帧设计 宋晓明
主管部门 山东出版传媒股份有限公司
出版发行 山东画报出版社
　　社　　址　济南市经九路胜利大街39号　邮编 250001
　　电　　话　总编室（0531）82098470
　　　　　　　市场部（0531）82098479　82098476(传真)
　　网　　址　http：//www.hbcbs.com.cn
　　电子信箱　hbcb@sdpress.com.cn
印　　刷　山东新华印务有限责任公司
规　　格　148毫米×210毫米
　　　　　9.75印张　250千字
版　　次　2016年10月第1版
印　　次　2016年10月第1次印刷
印　　数　1-5000
定　　价　32.00元

　　　　如有印装质量问题，请与出版社资料室联系调换。